境界性パーソナリティ障害
18歳のカルテ・現在進行形

著
か お り

星 和 書 店

Seiwa Shoten Publishers

2-5 Kamitakaido 1-Chome
Suginamiku Tokyo 168-0074, Japan

「バラ」
シャンと咲く二本のバラ
初めての作品
「美しい」だけじゃなく
「重み」のある絵にしたいと
思い描いた作品

「えみ」

何を想う？

何を願う？

瞳《め》を閉じれば
心の声が聞こえてくる

「華観音」
美しい華を手に
美しく舞う花びら
華の舞う先をあたたかく見守る
観音様

「聖観音」
ずっしりと重みのある
表情にした

「よこがお」
瞳の先には何があるのかな
笑っているの？
悲しいの？
未来への希望や不安を
瞳の奥に隠した少女

「ひまわり」
夏のように強い日差しで咲いた
ひまわりともまたちがって
秋のはじまりの夕焼けのなかに咲く
ひまわりをイメージした

「想」

「月」を想う
「私」を想う
「明日」を想う
深く椅子に腰掛け
平和な「明日」が来ることを願う

「芽」

あたたかい「芽」が
私たちのあたたかい「眼《こころ》」で
美しく花咲けるように
私は、祈る

「わたし」

「描くのをやめよう」
そう、何度も思った
けれど続けた
できあがったうれしさは
いつもの倍以上だった

「慈母観音」

「子」を守り、「子」をいとおしむ
「私」を守り、「私」をいとおしむ
誰もいらないものはない
そう、強く想い、描いたもの

はじめに

「ボーダーライン？　なんじゃそりゃ」

私が、境界性パーソナリティ障害だと知ったときの正直な感想だ。

きっかけは、五回めの入院。その頃の私は、リストカット、レッグカット、手の甲など、切りまくって、縫いまくっていた。

二〇〇六年十一月二十八日。医療保護入院。閉鎖病棟四一三号室（畳部屋）。

理由は、自傷がひどいこと。

その日、待合室で小さい子が暴れて泣いていた。私は気持ちが不安定だったのに、さらに泣き声で不安定さに拍車がかかって、大泣きして、暴れまくった。そして診察。

「かおりさん。入院しましょう」と先生。

「…嫌だ！　嫌だー！」

谷口先生は、閉鎖病棟に電話をした。

「もしもし。かおりさん。十五歳。男性看護師二人来てください。ボーダーライン」

「は？　ボーダーライン？　なんじゃそりゃ？」。心の中で思った。

そして無理矢理、注射をされて、よたよたになった。男の看護師さん二人に支えられて病棟へ。病棟に着くと、狭くて汚い部屋に入れられた。このときのことはあまり覚えていない。ただ、十一月の夕焼けが部屋をオレンジ色に染めていたことをよく覚えている。

「なんで学校行ってないの？」。看護婦。「いじめ？」

私は、その「いじめ」と簡単に軽々しく口に出したことにものすごく腹が立った。そして椅子から崩れ落ちて、床に突っ伏した。泣いて泣いて泣いた。

部屋へ移動。畳の部屋。

「きたねー」と思った。こんなところにいたくない。嫌だ、と思った。

辛くて何日間もなにも食べられなかった。デイルームに座っていると、若い男の人が寄ってきた。

「名前なんて言うの？」

「かおりです」

「何歳？」

「十五歳」

「俺、アル中で入ってんだ。俺の息子が飲んでる薬たくさん飲んで、息子の注射も打って、酒飲んで、自殺未遂で入ったんだ」

またある人は、「俺もアル中。もう少しで開放病棟行けるんだ」と言っていた。その人は、手がいつも震えていた。アル中のせいだ。

またある女の人は、ガリガリにやせていた。話したことはなかった。一緒にお風呂に入ったとき、三十キロあるかないかくらいじゃないか、と、思った。怖かった。

またある人。一緒にお風呂に入ったとき、シャワーが出ていないのに、一生懸命、身体を洗っていた。あのときはほんと、目が釘づけになったよ。


そして、私が自分のことを「ボーダーかも」と思ったのは、入院中に雨宮処凛さんの、『すごい生き方』という本を読んでいたときのことだった。ちょうど読んでいたのは、悩み相談、みたいなページだった。そこに、私と同じような人が載っていた。

「とにかく親に愛されたい。リストカットは小学五年からしている」などと書いてあった。そこに、「境界性人格障害」が出てきた。そこを読んでいくと、「ボーダーライン」とも言う、と書いてあった。続けて読んでいくと、「感情の移り変わりが激しかったり、見捨てられ不安にとらわれたりする」と書いてあった。

「なんか、すごく似てる」。そう思った。

母は、私が入院している間に、私にボーダーの傾向があると聞いていたらしい。

私は、先生に直接聞いてみることにした。本当は怖かった。でも、知って、安心したい自分もいた。

「自分は病気じゃないんじゃないか」「甘えているだけなんじゃないか」「情緒の不安定なんて、誰にでもあるんじゃないか」「しっかり病名を聞いて、対処の仕方を知りたい」いろんな気持ちがごっちゃになっていた。病気に甘える自分がいるのではないか、と。

二〇〇七年一月十三日。谷口先生の診察の日。

「先生、かおりって、なんの病気？　先生は、情緒の不安定って言うけど、それってみんな持ってるんじゃないの？」と。

「えっとね、境界性パーソナリティって言うよ。でも、十八歳になるまでは、人格障害の確定はできないんです。思春期には、『境界例』と言うよ。でも、ボーダーの傾向はある。お母さんを理想化して、大好きになってみたり、こきおろして大嫌い、と言ってみたり。喜んだり、落ち込んだりの波が激しいからね。でも、そうやって、自分を客観的に見られた、っていうのはすごいね」と言われた。

私は、少し、すっきりした。前は、病名を聞くのは怖かった。「私は病気だから、なにしても、許されるんだ」って思ってしまいそうで。でも、甘え、ってなに？とも思う。わからない。

病気を認めることは、自分を受け入れてあげることだと思う。そこから、本当の、治療が始まるのかもしれない。私は今、やっと病気を認められるようになってきた。

「大丈夫」

「大丈夫だよ」

「独りで抱え込まなくていいんだよ」

「手をつなごう」

「一緒に歩こう」

「一緒に転ぼう」

「一緒に乗り越えよう」

私はいろんな人に支えられている。それがわかっただけでも、前へ進んでいる。

ボーダーでよかった。

私が成長するための糧。

ありがとう。

もくじ

はじめに　vii

かおりの歩み

保育園の頃……2
小学生の頃……7
中学一年生の頃……27
中学二年生の頃……60
中学三年生の頃……115
卒業後……133
明日に向かって……192

家族の思い

親として……………………………………………… 208
教師として………………………………………… 218
かかわりの中から見えてきたこと…………………… 225

本を出したいと思った理由 233
あとがき 239

かおりの歩み

保育園の頃

「かおりちゃん、おはよう」。保育園の先生たちの明るい声。

「いやだ、行かない」

保育園はいつも行きたくなかった。どうしたら、行けなくなるものかと毎日、幼いながらに考えた。

「お母さんと一緒にいたい」という気持ちがものすごく強い。そして、すぐ泣く。泣き虫で、人見知りが激しい。夜泣きがひどく、父も母も困り果てていた。

ある日の夜。いつも以上に夜泣きがひどく、母は、とうとう、「もうやめて！　こんなのかおりじゃない！　出てってよ！」と言ったという。私の中に、誰かが入り込んでいるのかと思うほど、泣いたらしい。

そして、あまりに保育園へ行きたくなく、ある日、家のトイレに閉じこもった。父も母も、仕事へ行かなければいけないのに…。

「絶対行かない！」。鍵をかける。鍵をかけたはいいが（って、よくないが）、鍵の開け方を知らず…（↑馬鹿）、「助けて〜」と泣き叫んだ。ようやくトイレから出ると、そのまま車に乗せられ、保育園に連れて行かれた。

そしてまたある日は、保育園に着いたはいいが、今度は車から降りようとせず、母が先生を呼びに行っている間に、そのまま車に閉じこもり、鍵をかけた。今思うと、本気で行きたくなかったのだな。そして、先生や母が、「開けて！　かおりちゃん！」と言うが、がんとして開けない。結局、母が、「もういいよ。かおり。休もう。お母さんも、今日は一日休むから」と言ってくれた。私はそれで安心して、すんなり鍵を開けた。その瞬間、先生たちが私を担いで、保育園へと連れて行った。というか、連れ去った。私は、なにがなんだかわからなかった。

なぜ、私はこんなに母のもとを離れるのを嫌がったのだろう、と考える。

そういえば、昔、母が言っていた。

「かおりは、予定より、何日間か、早く生まれてきたんだよ。本当は、もう少し、お母さんのおなかの中にいたかったのかもしれないね」と。

そうかもしれない。母の、温かくてふわふわした、羊水の中で、体温の中で、もう少し眠っていたかったのかもしれない。

私は、幼い頃から、変わった物をほしがるやつだった。

保育園の頃。まだ「おもちゃのバンビ」が健在していた頃の話だ。

「お母さーん、あれ買って〜」

「うん?」。振り向いた母。私を見ると、指さす方向は、上である。なんと、私は、飾り付けてあった、「ひょっとこ」をほしがったのだ。

「お多福」でもなく、「ひょっとこ」だったというところが、私の変なこだわりである。

「だめ、かおり。あれは飾り物!」

「いやあ〜」。とうとう泣き出した。

母も姉も、驚き&呆れ顔。そして、とうとう手に入れた。あのときの喜びは、いまだに覚えている。そうとう、嬉しかったのだ。

家に帰って、被って被って被りまくった。お面の紐が伸びきるほど被った。

最近、段ボールの中身を整頓していると、宝物箱らしき箱が…。その中に、やつはいた。

「ひょっとこ」だ。

被ろうとしたが、入らなかった。私も成長したんだ、とちょっと切なくなった。

◈

◈

よく見ると、私は、これのどこに惹かれたのか、全くわからない。よく見ると、鼻毛も出ているし……謎である。

でも、ちゃんと私は、「宝物」として、あの「ひょっとこ」を段ボールの宝物箱に入れていた、幼き私に嬉しくなった。ちょっとね。

◈　◈

私が家の中で一番辛かったのは、食事のときだ。とくに貧しくて、食べ物が少なかった、という訳では決してない。反対に、「もの」はとても多かった。特に、祖父母は戦争経験者で、貧しい食事をしてきたからか、いつも食卓は豪華だった。

しかし、なにより辛かったのは、家族の顔色をうかがって食べることだった。食事のときは、緊張する。特に話題もない。テレビの、やけにテンションの高い話し声だけが響く。祖父はぶつぶつと、機嫌の悪い顔をしながら、文句を言っている。祖母は母を睨む。父は、イライラしながら、なにも言わず、ただ、握り拳を震わせながら、ご飯をつまむ。私と姉は、それを見て、早く時間が過ぎることだけを願って、ご飯を飲み込む。

姉が、小学六年生、私が六歳の頃のことだ。

姉が、ドラッグストアで万引きをした。その日の夜ご飯は、今までで一番怖かった。私は、なぜ父が、怒っているのかなんてわからない。ただ、祖母からは、「お姉ちゃんが友達とけんかしたからだよ」と、言われた。あの日のことは、今でも鮮明に覚えている。ただただ、泣きじゃくる姉。ただただ、怒り狂う父。ただただ、見ているだけの母と祖父。たださだ、私の横で、父を止めようとする、祖母。私は、殺されるんじゃないか、と思った。怖かった。ただただ、怖かった。

小学生の頃

四年生の頃。私には、仲のよかったなるみちゃんという友達がいた。毎日、一緒にいた。鉄棒をしたり、一緒に帰ったり。なるみちゃんは、ピアノがとても上手で、可愛くて、頭もいい、とっても優しい子だ。

ある日のこと。学校へ行った。なるみちゃんと話していると、ゆいちゃん、ゆう子、さち子ちゃんが近づいてきた。「ちょっと、なるみちゃん、あんたさ、いつも、かおりちゃんと帰っとるけど、かおりちゃん、ほんとは一緒に帰りたくないんだよ。なるみちゃんと一緒に帰って、なるみちゃんと別れたあと、かおりちゃん一人で悲しそうに帰ってるんだよ」と、言ってきた。いきなりだった。私は、全然そんなこと思っていなかったし、その三人とは、全然親しくなかった。それから、私は、なるみちゃんと帰るのをやめた。というか、やめさせられた。心の中は「?」マークでいっぱいだった。それから、なるみちゃんは、一人で過ごしていた。

私たちは、なるみちゃんがいないときに、なるみちゃんの日記帳を見ることもしていた。

私は、嫌で嫌で仕方なかった。最低な私は、日記帳は見なかったが、見ていた友達に、「私の名前とか、書いてなかった?」と聞いたりしていた。最低だ。最低なやつだ。あの頃を思い出すと、ほんとに、吐き気がする。

「私は最低で、とても汚い人間だ」と思った。私は結局、自分のことしか、考えていないんだ、と、日記帳事件のときに思った。そしてある日。ゆいちゃん、ゆう子、さち子ちゃん、私、で、休み時間にグラウンドへ出た。すると、なるみちゃんたちがドッヂボールをしていた。

「私らも入れて」と言うと、「嫌だ」と、リーダーらしき女の子に言われた。そのことを、そのときの担任の先生に言うと、「あんたらが悪いんでしょ」と、突き放すような言い方をされた。私はそのとき、「なに、この先生」と思った。この頃の対人関係は、最悪だった。

またある日。給食を、好きな友達同士で食べていい、ということになった。(はっきり言って、こんなやり方は、仲間はずれをわざわざ作るようなものだと思う)。そこで、私は、ゆう子と、さち子ちゃんとで食べた。ゆいちゃんは一緒に食べなかった。(そこの記憶が曖昧なのだけれど、ゆいちゃんを、一緒に入れてあげなかったのだと思う)。すると、ゆいちゃんが泣き出して、先生に言いに行っていた。私は、(やはり、自分のことしか考えていないので)「怒られたらどうしよう」と思っていた。案の定、昼休みが終わって、五時間目。

先生、「授業を始める前に、みんなの前で、謝ってもらいたい人がいます！　そこの三人！　みんなの前に出てきてください」

私たちはみんなの前に立たされた。

「どうしてかは、わかりますね？　なぜ、ゆいさんを仲間に入れてあげなかったのですか？」

私は、泣いた。なんでみんなの前で言わせるの？　それに、私には、なんで怒られているのか、訳がわからなかった。「仲間はずれになんて、してないのに…」

私はいまだに、それを引きずっている。弱いでしょう？　私は。こんなこと、先生も、ゆいちゃんも、ゆう子も、さち子ちゃんも、覚えていないだろう。

そして、五年にかわる頃、四年生の終わり。先生からの言葉。今でも忘れない。

「はい。では、もう、私と、あなたたちとは、なんの関係もありません。頑張ってください」

私は、呆れた。「ばかじゃねえの、こいつ」と思った。私はそのとき、「じゃあ、私とあなたとは、なんの関係もないのなら、もう、私はあなたを先生だとは、思わない」と思った。

あの頃の私は、心を殺していたのではないかと思う。学校が、「楽しい」とか、「楽しくない」とかも感じなかった。なんにも感じてなかった、いや、感じないように過ごしていた気がする。面倒くさかった。みんなが敵に思えていた、あの頃。

運動会の練習の日。外は暑くて暑くて苦しかった。

もう少しで終わる～！と、校歌を歌っていると、目の前が真っ白になった。私は、グラウンドに倒れてしまっていた。目を覚ますと、私は、木の陰にいた。私は、悔しくて泣いた。

「なんで倒れたの！」

「なんで最後までできなかったの！」

私自身を罵倒する声が頭の中に響きわたる。悔しくて、悔しくて仕方がなかった。

後から母から聞いたが、私を運んだのは、五年生で担任になる先生だったらしい。迷惑ばかりをかけていたなあ、と、しみじみ思う。

◈　　◈

失敗してはいけません
間違ってはいけません
怒ってはいけません

◈　　◈

喋ってはいけません
遊んではいけません
怒られたらいけません
可愛くなくてはいけません
絶対泣いてはいけません
それでいい子になれるかな
みんなに気に入られるようになるのかも
どうなんでしょう
ね

◈

◈

手がふるえた。

手に力を入れる。

とうとうやった。初めての自傷行為。リストカット。最初は漫画の影響だった。「紙で切るより、痛くないんだよ」。漫画の台詞だ。そうなんだあ。じゃあ、ちょっとやってみようかな〜。軽い気持ちだ。小学五年生の、八月五日だった。そのときの、日記の一部分だ。

「今日、リスカ（？）してみた。血、ちょっちょ、って出ただけ〜。私がリスカしとる理由って、みんなに心配してもらいたいからやと思う〜（↑嫌なやつ〜）」

正直な気持ちだと思う。誰にも見てもらってない気がしてた。先生からも、友達からも、家族からも…。

そして、八月二十九日。水泳記録会の日。プールサイドから立ち上がり、みんなと帰ろうとしたとき、担任の先生に、腕をつかまれた。

「お前、最近、変わったことしとるみたいやな」

「見せて」

逃げようとした。逃げたかった。

…見られた。

「あ〜あ〜、痛くなかったけ？　かわいそうに腕」ってさ。みんないたのにね。友達にも見られたんだ。

そして、教室で、「さようなら」の挨拶をした後、呼ばれた。

あの日はとてもいい天気だった。窓のところで話した。女子がまだ教室で、おしゃべりをしてた。

「なんでこんなことしたんだ？　それとも流行ってるのか、友達のあいだで」

ぶんぶん頭を振った。声は出さなかった。というか、出せなかった。

「昨日、お前のお母さんに仕事で会ったら、ショックやったって言っとったぞ。こんなことして…。血出たやろ？」

私は、窓の外を見てただけ。

「もうこんなことするなよ」

「はい」

私は、上辺だけの返事をして家へ帰った。

みんなの前で言わないでよ。

別に関係ねえよ。

心配してよ。

「大丈夫？」って言ってよ。

その頃の私は心が荒れていたのかな。

今でもあのときのことを思い出すと、気分が悪くなる。吐き気がする。

◈

◈

自分を傷つけなきゃやってけないことって
あるよね
自分を傷つけなきゃやってけないこと
ばっかり

◆

◆

いけない
いけない
みんなと違うこと
いけない
いけない
デブなこと
いけない
いけない
嫌なやつ
いけない

いけない
腕の傷

◈

◈

私が、五年生のときに書いていた日記を書いていきます。（日にちはわかりません）

『本音』

私は五年生。これを書こうとしたのは、将来の夢のためでもあるんだけどね、私にはちょっとした自分探しなんだよ。私は、今の生活は好きだよ。学校も楽しいんだ。先生だって楽しいんだよ。でも、たまにね、私はいてもいい人間なのか、ただの邪魔人間なんじゃないか、ってものすごく思うことがある。

先生がね、音楽会の練習のとき、「足引っ張っとるやつは、歌うな！」って言うと、自分のことかも、私のことかも、ってつい涙腺がゆるんできちゃって、うるうるになっちゃうことがあるんだよ。ものすごく恥ずかしくても、直せないんだ。

木琴で間違っちゃったら、先生はきっと私のことを睨んでる、って思って、足がガクガクするんだ。こんなのって、「自意識過剰」っていうの？　単なる「うぬぼれ」？　馬鹿みたい。しっかりしろー！

あとね、四年生の頃、いじめがあったんだ。私は、いじめられてたなるみちゃんにも、いじめていた友達、どっちにもいい顔をしてた、最低なやつだったんだ。それで、五年になっても、なるみちゃんと気まずくて、なるみちゃんのことが、「嫌だなあ」って思っても、「ううん、違う。なるみちゃんは絶対悪くない！　悪いのは絶対私だ」って思うようにしなきゃ、って思うようになってきたんだ。自分は、汚いなあ、って思う。

誰かに相談したいけど、誰にも言えない。恥ずかしくて。

なるみちゃんは、可愛いし、ピアノもうまくて、絵も上手で。こんなの、嫉妬だよね。わかる。わかるんだけどさ…。

完璧な人になりたい。なりたいよ。


『TOMOだTー』

なんかさ、たまにね、自分、消えちゃいたい、って思うときあるんだ。そしたらどうなるんだろう…なんて考えこんじゃったりしてさ。なんか、面倒くさいんだよ。面倒くせー。

先生とか、勉強とか、友達とか。

友達とか、友達とか、友達とか…。だってさ、友達なんて別に要らないじゃん。親友、親友、なんて言ってるやついるけどさ、なんなのさ。親友って。

　やっぱさ、みんな、一人でいるのが怖いから、「友達」っていう輪の中にはいってるんだよ。きっと。私もそう。なんか、一人って怖いし、恥ずかしいんだよ。三十分だけでも、一人でいるのって、嫌だもん。

あーあ。一人でいても、堂々とできる人になりたいなあ。


『I LOVE YOU』

あー。言っちゃおうかなあ。私、好きな人、…うーん…、気になる人、かな。いるんだー。きゃー。言っちゃった！　それはね、顔がかっこいい、とか、そんな、表面での好き、じゃないよ。あーうー、…なんでしょう。面白いし、男女差別しないんだよ。気軽に頼めるし。「いいやつだなーこいつ」って思ったんだ。男っていいなーって思うよ。だって、なんか、女って、性格、「ねちねち&うじうじ」って感じするもん（まあ、そうじゃない人もいるけどさ）。男子ってさ、さっぱりしてる感じがするんだよね（多分）。はっきり言え！女！って感じ。やっぱり、男子を好きになるのは、仕方ないことやと思うんですよ。

　という、私の乙女心でした。

『?』

はあ。あのさ。普通の五年生、って、どんなの？　わっかんないなあ。身長は？　服は？　漫画は？　そんときそんときの、気持ちは？　私って、子どもっぽいのかなあ。

だって、学校では、「普通」の五年生にならなきゃいけない気がして。面倒くさーい！

もうやだ。遊ぶのとか。会話とか。勉強とか。テストとか。やーだねー！

「自分のことより、まずは人のことを一番に考えなさい」

えっ無理。ごめんなさい。そんなこと考えてる余裕なんてねーです。すまんね、世の中。

だって、頭の中は、勉強（特に算数、国語）、あと、服と家のこと。早く家に帰りたいなあ、とか。

なんかさ、私さ、時々、「はっ」っとすることあるんだよね。その間なにしてるか、っていうとさ、空想してんの。意味不明ですよね。もう、自分の世界、って感じ。うわ、やっぱー。

例えばね。「もし、私が階段から落ちたら…」などなど。結構おもしろいんだ〜。これがすごくない？　目開けて空想だじぇ（結構自慢げ）。うひひ。


『プラマイゼロ』

なんか、私って、めちゃ弱い人だと思う。なんか、はっきりとは言えないけど、とにかく弱いの。すぐちょっとしたことで泣きたくなるし、すぐ諦めちゃうし。なんか、私にいいところなんて、あるのかな、なんて考えるんだ。つーかさ、たまに誰一人、この世界からいなくなっちまえー！　なんて思うんだけど、まず、無理だよね。だから、自分がいなくなる方が、よっぽど簡単。こんなこと考えてる自分、嫌い。だーいっきらい！

なんか、もう、どうしようもないんだよ。

どうしよう。どうしよう。

悩んでばっかで、前に進めない。

だれか助けて。タスケテ。ＳＯＳ。ヘルプ。ヘルプ。

助けて。

『ムリ』

委員会って大変だあ。あきちゃんしゃべってほしいなあ。あはは。無理かなあ。

やっぱね、かおり、一人は無理だよ。先生。本当、ごめんなさい。だから、かおりになんでも言わないで。本当辛いの。無理なの。できないの。

委員会のとき、泣きそうになんの。馬鹿でしょう。こんな馬鹿に仕事など、与えないで。

なんかさ、自分励ますのって、自分しかいないじゃん。

「頑張れ」「負けるな」「頑張れ」って言ってんの。そしたらまた、うるうるっときちゃって。なぜでしょー？

ほっといて、先生。助けて、先生。もうぐちゃぐちゃ。ほっといてほしいけど、助けてもほしいの。このわがままを許して。そしたら、頑張れるから…。

（この文章は、ノートに、力ない文字で、書いてありました。相当、辛かったようです）

『（無題）』

あたしってさ、必要じゃないよね。誰にとっても。いらんものなの。頼りにされない。誰か殺してよ。どうやったらいなくなれるの。簡単な方法で。だって、かおり、最低の人間やもん。頑張っても意味ないし。やっぱり、いいところもない人間は、生きてても、しょうがないいんやね。まさに私のことや。

あたしは一人は無理だよ。わかってんのかよ、先生。この鈍感野郎。

『ＴＯＭＯだＴーー２』

やっぱさ、友達っていいと思う。困ったとき、頼りになるし。気が合えば、ずっと楽し

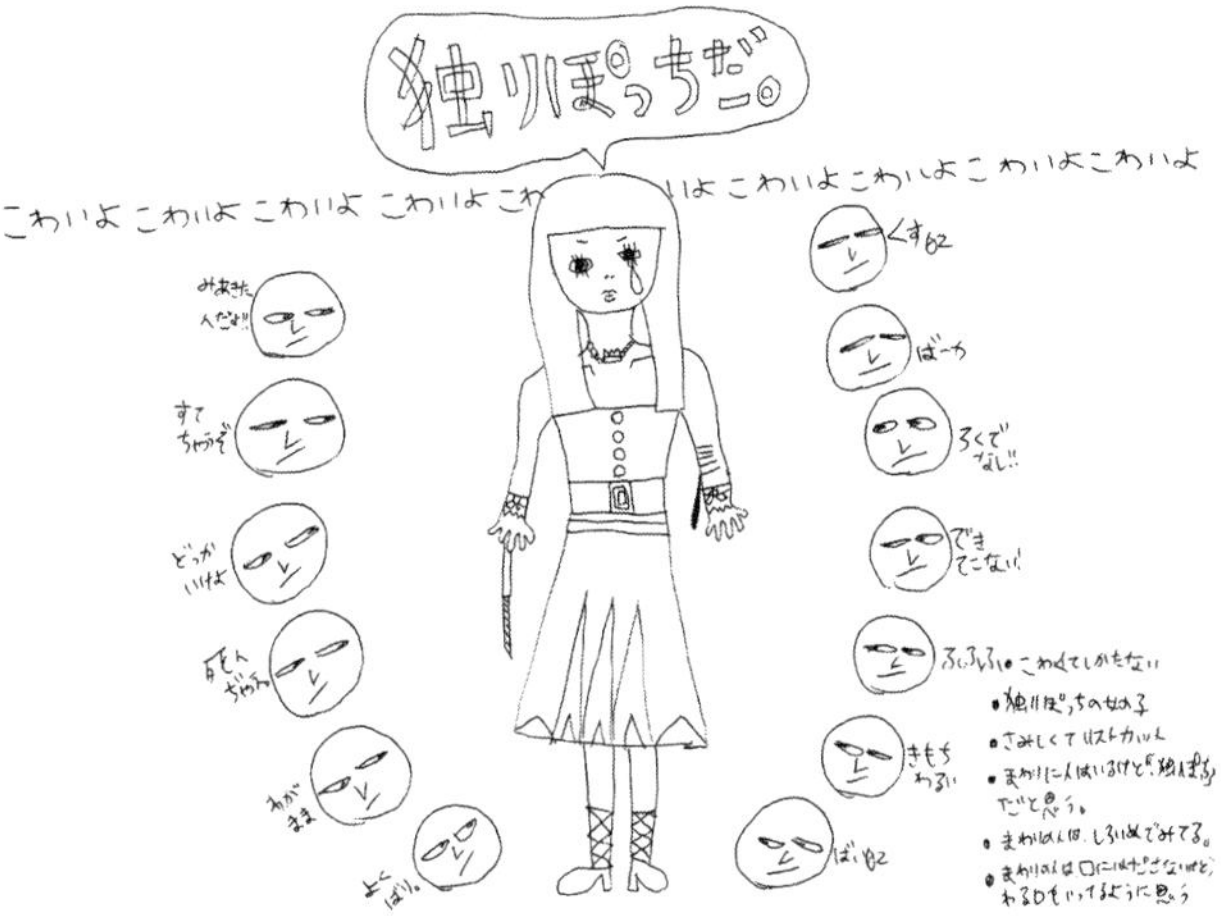

いじゃん。やっぱりフレンドって大切&必要だと思うよ。

『どっかいけ』

どっかいけ、先生。いなくなれ、先生。いつも一緒にすんじゃねえ。

もう、いっつもこんなん続いたら、本当、あたし、殺しそう。殺しちゃいそう。だから、委員会、いない方がいいの。サボった方が、かおりのため。先生のため。

いいでしょう。頑張ってんだから。

頑張れ。

もう少しで、ここから抜け出せる。

◈　　◈

私が生理になったのは、小学五年生の十一月十八日だった。トイレに行って、ものすごいショックを受けた。

「最っ低」「気持ち悪い」「もう駄目だ」

嬉しい気持ちなんて、これっぽちもあるもんか。だってもう子供の体じゃなくなるんだよ。それがものすごく辛かった。だから、家に帰っても、誰にも言わなかった。隠し通した。隠せるまで。…見つかった。

「なんで言ってくれなかったの？　お祝いしなきゃ」

「しなくていいよ！」

なに言ってるんだよ。お祝いなんて、問題外だってば。こっちは全然嬉しくなんてない。ああ、これから、毎月、こんなのに出会うのか。私、これから生きていけるのかな。そこまで思った。もう、もう、しょうがなく受け入れた。「女」である私。

そして、いつも私は生理の二週間前から気持ちが不安定だ。だいたい精神科に入院するのもその時期だ。いきなり笑い出したり、泣き出したり。中三の頃、自分を傷つけるために、煙草を吸ったり、ビール、薬、消毒薬を飲んだり、手首を切ったり縫ったりしたのも、この時期だ。

やっぱり、「女」であることは、変えることのできない事実。しょうがなく、不甲斐なさを感じながらも、「女」である事実を受け入れていこうと思う。

今、明日を考えてる
明日の二十四時間は
どうやって過ごそうか
どうやって汚そうか
どうやって傷つけてしまおうか
この汚い私を

◈　◈

小学六年生。市民体育大会の中の、陸上競技のリレーに出させてもらった。リレーだ。リレーなんて、運動会くらいしか出たことがなかった。はじめは、「うわあ！　嬉しい！頑張ろう！」と思っていた。やる気満々だった。

練習開始。ラダーで小刻みに前進。スキップやジャンプなどだ。そして、リレーのメンバーは、第一走者、あゆみちゃん。第二走者、私。第三走者、はるなちゃん。第四走者、みき。

バトンの受け渡しはとても難しい。なかなかうまくいかなくて、私が一番下手で、みんなにすごく迷惑をかけた。

そんな日々が何週間も続く。もう嫌だ。

「もっと速く走れ」「しっかりマーク見ろ！」「最後まで力抜くな！」。先生に言われた。もう、私なんて、無理なんだ。いなくなったら、楽になるかな。私も、みんなも。そんなことを常に考えるようになった。

そして、練習が終わって家に帰ったある日、引き出しから、彫刻刀を取り出した。「こんな脚、こんな脚」といっぱいいっぱい力を込めて切り刻んだ。脚を。この脚のせいで、私のせいで、みんなに迷惑をかけている。こんな脚なんてなくなってしまえ、と思った。今でも、「こんな脚」の傷は、左足に残っている。

そして、大会、当日。みんなとウォーミングアップをして、おにぎりを一つ食べた。とうとう出番だ。スタート位置につく。

「…よーい」

すごく静か。どきどきどきどき。

「…バンッ」

あゆみちゃんが近づいてきた！　よし、よし、よし、きた！　バトンが渡される。走り出す。脚は前、前…。周りは見えなかった。ただひたすら、はるなちゃんへと渡すことだけを考えた。

「はいっ」

渡した。行った、行った、行った。そして、はるなちゃんから、みきへ。

「…へ?!　うそ?!　一位だ！」

行け、みき。頑張れ。心からそう思った。

――ゴール。

一位。一位だ。やったああ。泣きそうになった。総合で二位。嬉しかった。そして、県大会への出場権をもらったのだ。

県大会では、十一位だった。けれど、結果は関係ない。

私は、いつも、「こんな脚」の傷を見ると思い出す。五月の晴れたような、曇ったような、少し心が揺れるような天気のこと。

家で涙を流して、脚を切ったこと。真っ赤な血を流したこと。

「こんな脚」の傷は、元には戻らない。けれど、少しずつ、少しずつ、元の脚に近づこうと、頑張ってくれているよ。

粉雪
とか言っているあいだに春が来ました
桜
とか言っているあいだに夏が来ました
海
とか言っているあいだに秋が来ました
紅葉
とか言っているあいだに冬は来ました

ああ
なんて美しい
ああ
なんて残酷な
春夏秋冬

中学一年生の頃

《一学期》

私は陸上が好きだ。なぜなら、陸上は、「自分に正直なスポーツ」だからである。努力した分だけ、結果が出る。なんの才能もなかった私に、「努力」ということを教えてくれた。

仮入部は、ほとんど、陸上部へ行った。しかし、先輩方は私のことが気に入らなかったらしく、いつも、一人だけ、取り残されているような感じがした。

それでも私は、陸上が好き、という気持ちが強く、陸上部に正式入部した。

ある日、三年生の先輩二人と、私と、もう一人の一年生、ゆきとで、先輩と一年生で二人組になって教えてもらう練習があった。一人の先輩がぼそっと口を開いた。

「左の子がいい」

私は、先輩方から見て、右にいた。もう一人の先輩も口を開いた。

「私も」

ものすごくショックだった。聞こえないふりをした。泣きたかった。悲しかった。ああ、私は嫌われ者なんだ、って、思い知らされてる感じだった。

「そっかあ。かおり、いちゃ駄目なんだ。生きてなきゃいいのに。死んじゃったらいいのに。生きてて、ごめんなさい」。そう思った。中学に入って、部活での希望が、一気に崩れ去ったような感じだった。そのときから、私に口癖ができた。

「ゆきはすごいな。可愛くて、頭もよくて。ゆきが、うらやましい」

その頃に書いたのがこれだ。

ごめんなさい
ごめんなさい
もっと悪く言ってください
死ね死ね死ねって、生きるな、って
そしたらもっと大丈夫だから
強くなろうと思えるから
手に力が入るから
優しくしないでください
私は、嫌っているものに

優しくするのが得意だから
もっと嫌ってください
嫌がってください
近寄るなって
太いって
きもいって
私に思い知らせてください
お前は嫌われもんだって
私にうぬぼれんなって
殴ってください
蹴ってください
血が出るまで
その血を励みに
私は強くなるように頑張るから
その血を励みに
私は生きることに頑張れるから

そして、もう一人の同学年の陸上部員、くみ。くみとは同じ小学校で、六年間、一緒のクラスだった。小学校のときは、あまり親しくなかった。けれど、中学で、同じ部活に入り、親しくなった。よく、ゆきとくみと私でショッピングセンターへ行ったりなどして遊んだ。ゆきとくみは、よく似ていた。性格や、体格も。私は太っていて、性格も小心者だった。二人が、私の憧れだった。だからか、私は、部活でみんなから浮いている感じがした。顧問の先生からも、「かおりんは、ゆきやくみとは違うからな～」と言われたことがある。そのときは、「あはは～」って笑ったけれど、本当は、すごく不安だった。違うってどういうこと？　私は、なんにも、できないんだ。

そんなことがあって、「私はなんなのだ?!」という疑問や、「くみやゆきとは違うな」という気持ちが出てきて、部活に行きたくなくなった。だから、部活にいる時間を少しでも少なくしよう、という思いと、私なんかが部活に出ても、迷惑なだけだ、という思いがあって、ある日の放課後、トイレで二の腕をカッターで切った。血だらけになった。保健室に行ったけれど、保健室の先生は、傷を見てはくれなかった。

その後も、なにかあっても、なにもなくても、切っていた。授業中でも。でも、どうやって、うまく言い訳しようか、と、いつも切る前に考えてから、切っていた。

いなくていい人
ナンバーワン！
いちゃいけない人
ナンバーワン！
死んでもいい人
ナンバーワン!!
(笑)

陸上部の女子は、私の同学年で、ゆきと、くみと、私だけだった。そこで、交換ノートをしよう、という話になった。三人で、休みの日に、キティちゃんのノートを買った。そして、「じゃあ、くみ、かおりん、ゆきの順でまわそう」ということになった。三人でやっているうちに、変なことに気づいた。私以外で、くみとゆき、二人だけでやってる交換ノートがある、と。ショックだった。それを、まだ、隠そうと思ってやるのならば、私の心についた傷は浅かったかもしれない。「こんなことで?」と思う人はたくさんいると思う。はい。そのとおりです。でも、私は傷ついた。それは事実だ。

ショックだった。本当に。三人でやっているノートは、私のための、同情でやってくれているノートだったんだ、と。それなら、やらない方がましだ。よっぽどましだ。

「同情するなら止めてくれ」

そんなに私は傷つかないように見えますか? それとも、わざと私の前でやっていたのですか? 私は、きっとわざとだと思う。

◈　◈

自殺するなら、かおりは
手首を切って、死ぬのがいいな
でね、わがままだけど
完全に死んじゃうのはやだ
だって、そしたら
かおりが死んだ後の
世界《みらい》が、わかんないじゃん

だから、手首を切って
血を出して
一人で、倒れるの
学校でやるのがいいな
みんなの前で切ってやる
そんで、友達とか、先生とかが
駆けつけて、救急車呼ぶの
それで、入院して
お見舞いに来る人は
みんな言う
「何で、こんなことしたの」
そしたら、かおりは
言ってやる
「すべてがかおりをいじめたの」

部活での練習。月に一度、県の陸上部の中学生みんなで、練習会があった。私は、いつもそれが苦手だった。自分の中学校の陸上部の中でも、私は劣っていた。だから、こんなたくさんの中で、どうやってついていけるのさ、という感じだった。

ある日の練習会で、私は朝ご飯のとき、父と、祖父が睨み合っているのを見て、気分を害し、カッターで、手の甲を切った。けっこう深くやってしまったが、「まあいいや」と思い、そのまま軽くばんそうこうをちょちょいと貼って、練習会へと出かけた。

午前の部が終わりかけの頃、血が滲んできた。ゆきとくみに、「どうしたの?」と聞かれた。私は落ち着いて、今朝きっちり考えてきた、「切った訳」を台本どおりに言った。

「今日の朝、折り紙で遊んでて、はさみで切ってたら、手がすべって、手まで切っちゃったんだあー」

「そうなんだー、あはは」

「かおりんはおっちょこちょいだなあ」って感じで、まるくおさまった。

午後の部が始まると、とうとう血が流れ出してきた。見ていたほかの学校の先生が、「どうしたの? 血出てるよ」と言ってきた。

「大丈夫です」

どう見ても、「大丈夫」なはずがない手の甲だが、とりあえず、そう答えた。

「手当するから、ついてきて」と言われ、しょうがないやあ、と思い、ついていった。

「どうしたの?」

「はさみで切ったんです」

「いつ?」

「今日の朝」

「そっかあ」と言われ、丈夫なばんそうこうをしてもらった。そしてまた、練習に参加した。

次の日、顧問の先生に、「昨日のところ、大丈夫か?」と言われた。私は先生になぜ切ったのかという、本当の理由を言おう、と、手の甲を見せようと思ったのだが、友達が横にいたので、やめた。

「どうせ、わかってもらえない…」

こんな気持ちがあって、友達には、一言も相談できなかった。

先生のことは、好きだったし、信頼していたので、相談しようか、と考えたけれど、「私なんかが相談しちゃ駄目だ、迷惑かけちゃ駄目だ」と、自分に言い聞かせた。

◈　　◈

あたしが居なくても時間は止まらないし

あたしが居なくても季節は流れるし
あたしが居なくてもみんなは前へ進んでいくし
あたしがいなくても
あたしがいなくても

◆　◆

陸上の練習では、三六五日続けるトレーニングがあった。各自の家でやるのだ。

「どんなことでもいい。腹筋一回でもいい。それを、必ず、毎日、続けるんだ」

私にできるかなあ。不安だった。最初に選んだのは、「腹筋十回」「食器並べ」だった。私はいつも、お手伝いやダイエットは三日坊主（というか、三日坊主にも足らない…。汗）で終わるけれど、これは続いた。きっと、大会で、自己ベストを出したい気持ちが強かったのだろう。

続けるにつれ、腹筋や、腕立て伏せ、背筋などの回数が増えていった。

「やらなきゃ大変なことになる」とまで思った。ちょっと、強迫的だったと、今なら思う。

顧問の先生は、このトレーニングは、「続けること」のトレーニングだと言った。けれど、私の場合、それだけじゃなくて、みんなの、「当たり前にできること」に近づくためのトレーニングでもあったのだ。

父は、中学、高校、大学と陸上をやっていたので、私にいろいろなトレーニングを教えてくれた。

「このトレーニングも入れたらいいよ」

私の種目は幅跳びだった。父は、私の記録をのばしてやりたい、と思い、私に、ホームセンターで踏み切りの練習に使うための台を買ってきてくれた。私は、毎日それで、練習をした。私の毎日のトレーニングは、ひどいときには、きつい部活から帰って、それからまたウォーミングアップをして、腹筋千回、腕立て、背筋、踏み切り練習、腕振り、ダンベルなどだった。

少しでも、記録をのばしたかったのだ。五メートル三十センチ、跳びたかったのだ。自分に、満足したかった。

陸上を辞めたら、どうやって生きていこうかと、悩んで、悩んで。悩んだ。

◈　◈

あたしは
なにをしたらいいの

どうせ地球は滅びるし
「死んじゃいけない」って
偉い大人は言うけどさ
あたしに
生きていてほしい人は
きっと居るけどさ
感じないんだもん
生きていきたいってさ

◈

「独りになりたい」と思うほど
独りにはなりたくなくて
寂しくて苦しくて辛くて
なんだか真っ昼間に
誰も乗っていないバスが
通っていくような

◈

そんな感じ

◈

◈

私には陸上部に仲よしの先輩がいた。私は、その先輩と、よく、プリクラ交換をしたり、遊んだりした。私は、先輩が大好きだった。

先輩はいつもいつも、「かおりん、かおりん」と、異常なほど、可愛がってくれた。

ある日、こんな出来事が起こった。放課後のことだ。先輩が、「聞いてよ。かおりん。あたしのクラスでさ、あたしのことを、一分ごとに、観察して、記録してた馬鹿な男子がいたんだよ～。その紙もらったんだけど、見る?」

「見ます見ます～」

「これこれ、はい」と、紙を渡された。その紙には、

――十時三十分、隣の席の子と話す。

――十時四十分、「かおりん」の話をする。

ここまでは、「うわあ、すごいことするなあ」という驚きと、すこしの恐怖感があった。

次だ。

――「かおりん」? ああ、あの、ブスか。

かなしい。悔しい。なんで、私は見ず知らずの他人にそこまで言われなきゃいけないの？　先輩は、私にわざと、その紙を見せたんだ。きっと。絶対！　ショックだった。今でもあのときの悲しみは、消えない。

「あはは〜、すごおい！」

笑った。記憶から、消し去りたい、そんな思いでいっぱいだった。でもそれは、消すことのできない、真実なのだ。

それから私は、あまり人を信じることができなくなった。

◆　◆

だって自分もってないもん
笑えるのは、自分をもってないから
好かれるのは自分をもってないから

◆　◆

どんなに私が丈夫で、強い武器を持っていても
敵は急所をついてくる

私の、弱い、泪を流している悲しい顔を隠すための
「笑顔」の仮面はすぐに見破られてしまう
「強気」な仮面はすぐにはぐられてしまう
私はどうやって生きていけばいいのかわからない
「笑顔」の仮面は「今度こそ守らなければ」と
分厚く分厚くなって
本当のあたし、わかんなくなっちゃった

《二学期》

私にも、幸せな出来事はやってきた。好きな人ができたのだ。

体育の持久走のときに、「お前の走り方って、あいつに似てるんだよな」と。いきなりだった。

それから、クラスにも、よく来てくれるようになった。タカ。仲よくなって、初めて、男の子にメールアドレスを教えた。

初めてきたメールは、「初メール。関係ないけど、風邪引いちゃった」

返信。「大丈夫？　心配だよー。タンクトップで寝ちゃ駄目だよ？」

「タンクトップ」がタカの笑いのつぼにはまったらしく、また、以前にもまして、よく話すようになった。

そして、親友のゆう子、タカ、同じ部活の男友達、同じ小学校だったタカの友達と一緒に、ショッピングセンターで遊ぶ約束をした。

「中学校って楽しい！」。そう思った。天気がすごくよくて、ゆう子とおしゃれして、そこへ向かった。店内をまわって、ゲームセンターで一緒にゲームをして、最後に、近くの公園で写真をとった。幸せだった。

あの日のことは、今でも覚えてる。私が大好きな、「金八先生」のテレビがスタートする、十月十五日だった。メールでタカが、告ってくれた。

「付き合ってください」

もちろん私も好きだったから、「よろしくお願いします」って、返した。

初めての彼氏だ。しかし、メールの回数が増えていく様子を見て、父はだんだんと厳しくなった。

「もうするな」「いつまでしてるんだ！」「もうやめろ！」

悲しい。どうして？　男の子だから？　友達だったらいいの？

その頃のメールには、「ずっと学校にいたい。家なんて、なくなればいいのにな」というようなことがよく書かれていた。

初めてデートに誘われた。公園に行って、ブランコに乗って、たくさん遊んだ。午後になって、四時半近くなると、私の携帯に、父から、バンバン着信がある。（私の家の門限は、四時半なのだ）。五時に帰ると、父がキレている。

「どこへ行ってたんだ！」「誰と遊んでた！」「こっちこい！」「くちゃくちゃにしてやる！」

怖かった。今までの幸せな気分も、喜びも、すべて、消え去った。苦しみしか、そこにはなかった。

そして、タカとのメールだけ、学校の中だけが、私の生き甲斐だった。救いだった。

ある日のメールで、「一緒に帰る？」と聞かれた。

「帰る帰る〜。やったあ」

嬉しかった。私なんかのことを好きでいてくれるのだ。これ以上の幸せなんてあるのだろうか。

一緒に帰っていたある日、家の前まで送ってくれたときに、母が隣の家へ回覧板を持っていこうとして、私たちに気づいた。

「最悪」。その一言だ。案の定、母は私に聞いてきた。

「あの男の子だれなの？」

「自転車に乗ってたけど、どこの子？」

「かおりと友達なの？」

「名前は？」

…はあ。うんっざり。

「言いたくない。友達だよっ！」。嘘をついた。ああ、イライラする。

「うざいな！」と私。

「友達だったら、名前言えるでしょ？」と母。

「…」

もう、嫌だった。いろいろ探りを入れてくる母も、メールを禁止しようとする父も。「家なんかなくなれ」。本気でそう思った。保育園や、小学校のときとは、えらい違いだ。あのときは、家だけが救いだったから。家が、大好きだったから。

「手、つないで一緒に帰ってください」。タカから、小さな小さな文字で、メールが送られてきた。

「うん。いいよ」

でも、結局、最後まで、手はつながなかった。

寒い日は、「寒いから、お茶買ってきた。あったかいよ」

またある日は、「学校に飴持ってきた（笑）。食べる？」

あたたかな気持ちになった。

私もクリスマスやバレンタインには、手作りのチョコやクッキー、そして毎回手紙を付けた。もちろん、ラブレターだ。

しかし、だんだんと春に近づき、雪も溶けていくにつれ、私たちは離れていった。

「別れてまた友達に戻ろう」

タカからの最後のメールだ。ショックだった。でも、「やっぱりね」とも思った。だって、「かおり」だもん。

「わかったよ。今までありがとう。友達として、これからよろしく☆」

メール、送信。これで、終わったのだ。私は、パソコンの前からゆっくりと腰を上げ、自分の部屋へと向かった。机の引き出しを開ける。カッターを取り出す。

スッー…。

血が、赤い赤い血が流れた。落ち着いた。ほっとした。

「大丈夫、私は大丈夫」

赤い血を見てそう感じた。その頃から、私のリストカットは、五年生のときの、「みんなに心配されたい」からするものではなく、私の、なくてはならない、「味方」「親友」となったのだ。
そして、大好きなタカとの、短い四ヵ月間が終わったのだった。

◈ ◈

カッターって
大事だよね
だってさ
無くちゃ
生きていけないじゃん
生きていくためには
自分傷つけなきゃ
腕切んなきゃ
絶対
生きてけっこないよ

◈ ◈

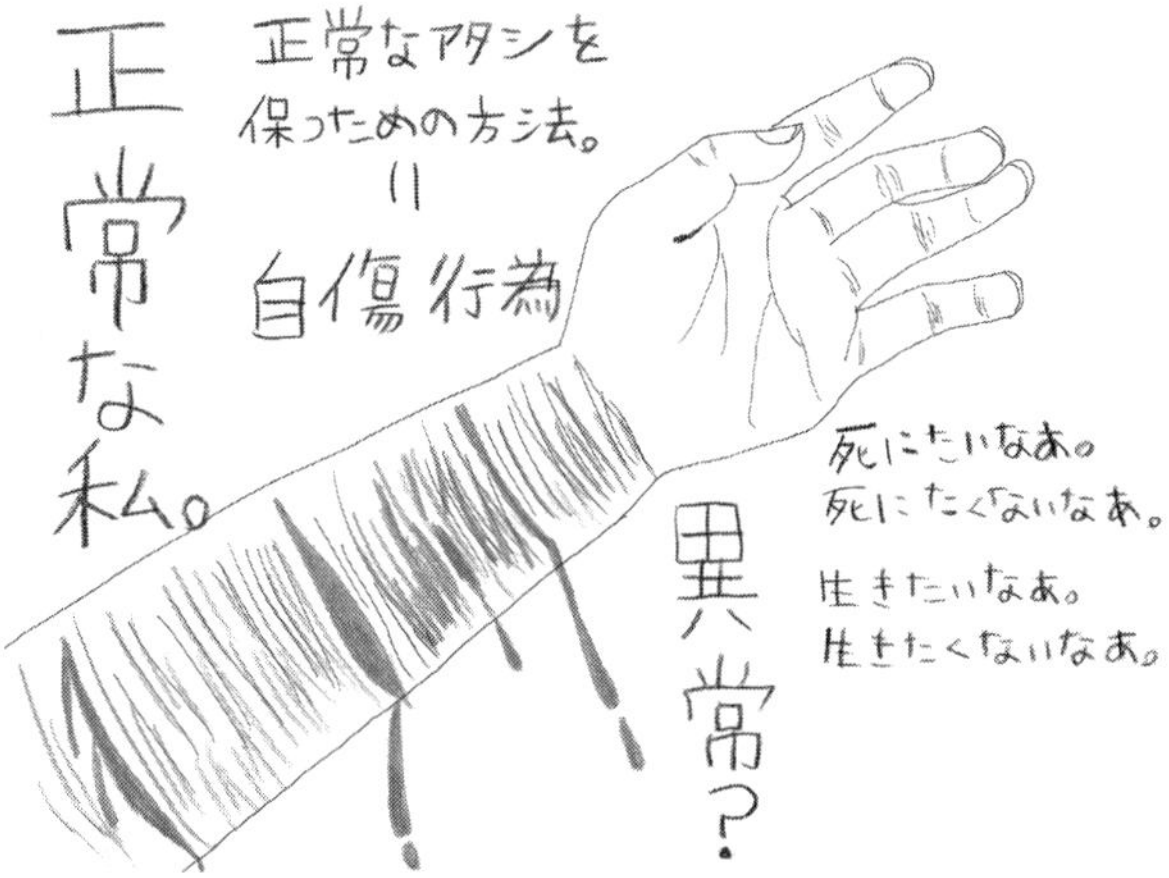
正常な私。
正常なアタシを
保つための方法。
＝
自傷行為
死にたいなあ。
死にたくないなあ。
生きたいなあ。
生きたくないなあ。
異常？

この心が「優しさ」を知らなければ
「苦しみ」も知らなかっただろうに
私はいろんな感情を持ちすぎた
「優しさ」
「ぬくもり」
「美しさ」
いろんなものを与えられすぎましたね
ふふ

◆　◆

十一月頃のことだった。

学校で部活があった。グラウンドを百五十メートル走十本だったっけな。そんな練習があった。顧問の先生は、いつも、「精一杯できる本数をやれ！　だらだらやる練習は意味がない！」と言っていた。私は、その言葉を信じて、私の精一杯できる本数をやった。七本だった。家に帰って、「七本しかできなかったけど、頑張ったよ!」と、笑顔で言った。すると、父は言った。

「なんやと? 最後までやらなきゃ、意味ないやろ! そんなんやから、なんもできないんだ!」と、はっきり言ってのけた。

「えっ?」

頭が真っ白になった。なにを言われたのか、一瞬、わからなかった。そのとき私は決めたのだ。「なにもできないのなら、なにも食べないでいよう。やせたら、ガリガリになったら、お父さんは、かおりが頑張ったっていうことをわかってくれる、認めてくれるんだ!」

「私が太ってるからいけないんだ」って、そう思ったんだ。

あたしにも、危機は普通にやってきた。

五十三キロってやばいぜ。やばいぜ。やばいぜ。

笑ってられないよ。

あと二十キロやせなきゃ、普通の人にはなれません?!

あはは。

走るとお顔のおニクが揺れる。ニクがニクい。ニクがニクい。

走ってられないよ。

あと二十キロやせなきゃ、可愛い人には近づけません?!

あはは。


その頃に書いた言葉だ。

その後、十日間ほど、なにも食べなかった。やせた。というか、やつれた。

「かおりん細っ!」

嬉しかった。その頃の私は、細くなることしか、頭になかったから。

食べてなかったある日。家に帰ってきたら、大学ポテトがあった。祖母が買ってきてくれたのだ。

「かおっちゃん、これ、食べる?」

「いい、ごめん。いらない」

「そう。じゃあいいや」

目の前で、私の目の前で、ゴミ箱に捨てた。私はなぜか、殴られたような痛みを、どこかに感じた。辛かった。「だって、だって、食べられないんだもん。ごめんなさい、ごめんなさい…」

ある日、辛くて辛くて、とうとう保健室に行った。

「どうして食べないの?」

「やせたいから」

「今でも十分スマートじゃない」

嫌だった。自分に満足できなかった。後から聞くと、その保健室の先生は、学校の教員である父に、「あの子は心配な子でした」と話していたという。

食べてなかった頃の日記だ。

もうこれ以上、胸が膨らみませんように
もうこれ以上、顔が大きくなりませんように
もうもうもう、生理がとまってくれますように
もうこれ以上大人に近づきませんように
なにもかもがぺったんこになりますように
だからだからだからあたしはいらないのよ
やせてしまえば、すべてがうまくいくのよ
やせてしまえばすべてが強くなれるのよ

ふふ

そのときは、本当に、すべてがなくなればいいと思っていた。生理も胸も。女になんてなりたくない！　気持ち悪い。

私が何日間も食べないでいるのを見て、とうとう父がキレた。

「なんで食べないんだ！」

家の廊下を片方の腕だけ持って引きずり回された。しまいには、「お父さんがさっさと逝けばいいと思ってるんだろ！」と。

はあ？　訳わかんない。悲しいのと、わかってくれないという思いが混ざり合って、私は大泣きした。久しぶりに。

◆

もしも、何日間も、おやつ食べないでいたら
ご飯食べないでいたら、やせるかな
やせたら、みんなも優しくなって
かおりも変われるかもしれません

◆

◈

◈

中一の秋頃、部活の仲間と先生とで、バーベキューをした。私には、その頃、タカがいたので、その話ばかりで盛り上がっていた。とても楽しい時間が過ぎた。おいしいお肉、楽しい笑い声。

五時。そろそろお開きだ。そしてみんなで、本屋に行こうということになった。

本屋に着いた。

『完全自殺マニュアル』

『人の殺され方』

そして、ちょっとエッチな本のところにみんなで集まった。他人から見たら、私たちは、そうとう危ないやつらだったと思う。そこでも楽しく時間が過ぎていった。

「そろそろ帰るか」

六時近かった。家へ帰る道のりが同じだったくみと、一緒に帰った。私の家の近くになると、暗闇に、ひとり、人がいる。

「誰?　ま、まさか、ば、ばーちゃん?!」

そう思った。当たりだ。全く嬉しくない、「大正解」だ。

くみも驚いた様子で、「じゃ、じゃあね。かおりん」

「うん、ありがと」

くみと別れたあと。

「ばーちゃん！　なんでおるの？！　恥ずかしいやろ？！」

「かおっちゃんのこと心配やもん。はやく帰ってきてくれなきゃ、ばーちゃん、動悸うって、つらーなって…」

はあ…。異常だ。なぜほかの家族は止めてくれないのだ？　異常である。このとき、はっきりと思った。

「この家は、異常だ！」

《三学期》
明日、もし雨か雪が降ったら、風邪薬をスポーツドリンクと一緒に飲んでみます。
気分を悪くさせます。
なんか、「今」のときは私に合ってないし、「私」は今のときに合ってないし？
ただ、そんだけじゃん。

うまくできないのー。うまくあるけないのー。うまくいきれないのー。

ただ、そんだけなの？

中学一年生のときの冬、一月十日に風邪薬を二十錠飲んだ前日に書いたものだ。前日の、五時間目。数学の時間だった。いきなり思いついたのだ。「そうだ、飲もう」。その前までは、いらいらうつうつ…。友達とうまくできないし…。どうしよう…。それを思いついたら、気分が晴れた。明日に希望が湧いた。

そして、当日。その日は天気がよかった。雨も雪も、ひとつも降ってなかった。けれど、私は、飲むことにした。

「ごちそうさまー」。朝ご飯を食べ終え、父も母も仕事、姉は学校へ行った。祖父母は下の階にいるので、二階の私がなにをしているのかなんて、わからない。

「さてと…」。棚から風邪薬を取り出す。そして、お茶。ベッドのある部屋へと向かう。

「よし」。一錠、二錠、三錠…。十八錠まで飲んだとき、体が拒否した。

「オエッ」。薬が出てきた。でも、また飲み込んだ。

「負けるもんか」。よくわからないところで、負けん気の強い私。とうとう、二十錠まで飲んだ。

「行ってきまーす」

すがすがしい。天気もいい。最高の気分だった。学校に着いた。

「かおりん、おはよう」

「おはよう～」

いつもと変わらない挨拶。でも、今日の私は違う。優越感を抱いた。なぜか。

お昼になると、やってきた。気持ちが悪いのだ。

「気持ちわる～」

「大丈夫？　顔色悪いよ？」。友達に言われた。でも、給食を用意した。食べたくない。口に入らない。

「大丈夫？」。隣の席の子に言われた。

「無理かも」。席を立った。そして担任の先生に言った。

「気持ち悪いです」

急いで保健室に連れて行ってくれた。

「どうしてかわかる？」

「わかんない」。嘘。でも、このままじゃなにも変わらない、と気づいた私は、本当のことを言う決心をした。

「お母さんに言わないでくれますか?」

「わかった」

「実は、今日の朝、風邪薬を二十錠飲んできたんです…」。言えた! これでもういいや。

しかし、そう簡単に、丸くはおさまらなかった。

「病院へ行こう?」

「へ?」

「それはやっぱり、ちゃんと病院に行って診てもらわないとあかんよ。だから、お母さんに言うよ? ごめんね」

ああ、終わったな、と思った。これでもう、おしまいだ。

「お母さんに連絡ついたから、病院行くよ」

もう、どうにでもすれば? 歩いて、小さい頃からお世話になっているC医院へ行った。

「どうして二十錠も飲んだの?」

「…」

「風邪、治したかったから?」

「ううん」

「なんていう薬?」

「…」

「わからないなら、家に電話するよ?」

「…プレコール」

「プレコール?　わかった」

血を採られた。点滴をした。母が、病院に着いた。

「大丈夫?!」

思いがけない言葉だった。当然、「なにやってるのっ!　馬鹿なことして!」って、怒られるものだと思っていた。怒るわけでも、怒鳴るわけでもなく、母は、「大丈夫?」と聞いてくれた。嬉しかった。私の体を一番に心配してくれているのだ、と。ありがとう。

家に帰って、父と祖父母に話された。

家の棚からは、風邪薬がなくなった。隠された。

祖母が、私のオーバードーズ事件を聞いて、眠れなくなったと、母から聞かされた。

「あーあ、またか。かおりのせいなんだ。一番辛いのは、おばあちゃんなのね。そっかあ」。

私がなぜ、二十錠も飲んだかの訳も聞いてくれずに…。

私は、なにしても駄目なんだな。私は、なにもできないやつなんだな。私は、いちゃいけないんだな。

その頃から、そんなことを、強く感じるようになった。

◈　◈

なによ
なによ
なによ
風邪薬飲んだって
あたま痛くなんないじゃん
気持ち悪くなんないじゃん
眠くなるだけだよ
うそつき
それとも、山盛りに飲まなきゃいけないの？
教えてよ。どんだけ飲むの？
一錠二錠三錠…
たっくさん集めなきゃな

薬を飲むのを、少しためらう自分が、むかつく
死ぬかも、って思う
怖い心があるからじゃん
ほんとに

中学二年生の頃

《一学期》

私の成績は、中二の一学期までは（不登校になるまで）ありがたいことに、いつも、十番内に入っていた。

勉強は、特別なことはせずに、ただ授業をしっかり受けていた。だから、通知表は、二年生の一学期は美術が四で、他はオール五だった。

一番になりたかった。褒めてもらいたかった。祖母はいつも、テストが終わって、成績表を見せると、「頑張ったね。このままいけば、〇〇高校に入れるわ」と言った。嬉しかった。〇〇高校に行きたかった。祖母を喜ばせたかった。

私が小学四年生、姉が高校一年生のとき、祖母が言った言葉は今でも覚えている。

「かおっちゃんは、お姉ちゃんが行ってる高校には、行かないでね。〇〇高校はいいわよ。近いし。ね？」

頑張らなきゃ、と思った。祖母の言った通りにすれば、幸せになれる、そう思った。洗脳されていたのかもしれないな、と今なら思う。その頃の私は、それこそが、最善の道だ、と、信じ込んでいた。

◈　◈

私は、不登校になるまで、学校はほとんど休まなかった。休んだとしても、体調不良などで、一年に一、二回しか休んだことがない。しかし、中学二年の一学期、初めて「ずる休み」をした。それは、男子の友達に、「デブ、デブ、おまえ、本当デブやなあ～」と言われ続けたからである。その友達はきっと、ふざけて、面白がって言っていたのだろう。「うるさいなあ～」。私も言い返していたけれど、それが、毎日言われ続けるので、もう、限界だった。いなくなりたい、と思った。消えたい、と思った。

「…休みたい」。いつもなら、そんなことを言うと、母は、「な～に言ってんの。行ってらっしゃい」と言うが、その日は、「そう、わかったよ。休んでいいよ」

優しかった。なにか、感じていたのかな。母親のカンかな。

休んでいる間は、学校のことなんて、感じなくてすんだ。

次の日は、学校へ行った。休みたかったけれど、自分が許さなかった。

今は、本当に、学校へ行きたくない感じ
さいてーさいてー
むかつくむかつく
こんな自分が
さいてーさいてー
むかつくむかつく
弱い弱い
弱くて脆くて決して透明ではないガラス玉
私の心
弱い弱い
脆い脆い
汚い汚い
私の心
私の心

《夏休み》

それは、八月二日のことだった。陸上部の練習。二百メートルを六本の練習だった。その日はとても暑く、リタイアする仲間も多かった。私も、「もう無理かも…」と思ったが、「大丈夫、私はできる！」と、「無理」という考えを振り払った。

ラスト。もう、百メートル、五十メートル、十メートル…。ゴールだ。やり遂げた。嬉しい。…ん？　なんか、呼吸が変だ。息を吸うばかりで、全然吐けないのだ。辛い。辛いのを無理してがむしゃらにスーハーするが、もっと辛い。違う学校の子が、「大丈夫？　先生呼んでくる！」と言って、呼びに行ってくれた。

その子が、戻ってきた。手に、ビニール袋を持っている。その袋を口にあてて、ゆっくり呼吸をしたらいいと、教えてもらった。すると、だんだん落ち着いてきた。「ああ、よかった」

その日はそれで、「やり遂げた～」という達成感で胸をふくらませ、家に帰った。

次の日。その日もなんだか、調子が悪い。

ハードル走二百メートルをしていたのだが、どうにもこうにもうまく体が動かない。走れないのだ。それで、顧問の先生に、「もっとスピードあげろ！」「抜き足が遅い！」などと言われながら、何本かやっていた。何本目かが終わり、二百メートルのスタート地点へと向かっていると、先生に、「かおりん、もうやめとけ」と言われた。嫌だった。とっても。けれど、もう体は限界だった。休んでいると、違う学校の先生に、「大丈夫？　こっちの方が、日が当たってないから、こっちにおいで」と言われ、場所を移動しようとした。そのとたん、一瞬、周りが真っ白になって、ふらふらと、座りこんでしまった。そして、コーチに肩をもって支えてもらいながら、迎えにきた母の車に乗ろうとするが、足がもつれて、なかなか前に進まない。なんとか車に乗れた。そして、そのままいつもお世話になっている、C医院へと直行した。

「熱中症やね。水分いっぱいとって、安静にしとったら、治るわ」

私は、熱中症なんて、別に、どうでもよかった。悪いのは自分だから。それよりも、重要なこと。それは、部活を途中でリタイアしてしまった、私。

そしてまた次の日。学校での練習。その日は顧問の先生が、会議でいなかった。部活のメニューが終わったあと、先生は来てくれた。

「かおりん、今日は大丈夫やった～？」

本当は、息が辛くて「やばいな」と思っていたけれど、「大丈夫でした」と答えた。

「大丈夫だったんだな～。じゃあ、これからは、もうちゃんとできるな」

「うんっ」

部活から帰る途中から、肩が揺れはじめた。ヒクヒクという、呼吸とともに。「なんだ？これ？」と思った。

異常な肩の揺れと呼吸に一番に気づいたのは、姉だった。

「かおり、息、おかしくない？　ねえ、お母さん」

「…ん？　そう？　たまにそういうのなってない？　普通だよ」

お姉ちゃんは、わかってくれた。ありがとう。お姉ちゃん。一番私のことをわかってくれている。見てくれているんだ。

次の日。部活で先生に、「お前、呼吸、変じゃない？」と言われた。

部活の後、先生に、「病院行っておいで」と言われた。先生は、母にも、「自律神経的なものかもしれないので、一度、病院へ行ってこられた方がいいと思います」と言ってくれたらしい。だから、その日に、C医院へ行った。

「う～ん…。なんでしょうねえ。ちょっとわからんから、紹介状書くんで、大きい病院に行ってみて」と、市民病院への紹介状を書いてもらった。

次の日は、夏休みの登校日だった。肩を揺らしながら行った。友達に、「お前、なに肩揺らして笑ってんだよ～。はは」と、笑われた。「こっちが聞きてえよ！」と心の中でつっこんだ。けれど、心配だった。

「こんなのが、ずっと続いたら、どうしよう…」

◈　◈

とうとう、市民病院の神経内科の診察だ。主治医は男の先生。血圧を測らなければいけないのに、肩の揺れすぎにより、正確に測れない。看護婦さんに申し訳なかった。

「かおりさん」と、呼ばれ、「は、はいっ」と返事をした。

そして、いきなり、先生に「不安なんだよね」と言われた。その一言でなにか、ふっと楽になったのだ。

「ミオクローヌス」と診断された。

「こういう病気の方は、あまりいないんです。私が見てきた中でも、二人目ですね」と言われた。そして、抗不安剤を出された。

「これですぐよくなるでしょう」と言われ、その日の診察はこれで終わった。

家に帰った。その日は雨だった。私の心もうじうじしていた。泣きそうになった。家族みんなが、肩が揺れているのを見て、「あれくらいで病院に行くなんて、甘えてる。馬鹿じゃない?」と言っているように感じる。

そして私は薬を飲まなかったのだ。だって、病院に行くと、優しくしてもらえるから。病気が治ったら、優しくしてもらえないと思ったから。だから、薬を集めだした。(捨てればいいものを、集めだした理由は、いつか、今以上に不安になったときに、まとめて飲もうと思ってたから。簡単にいうと、オーバードーズのためだな)

そして、八月十五日。前の診察から三日後(当たり前だけど、処方してもらった薬を飲んでないやつが、治るはずがない)、当然のように肩をヒクヒク揺らしながら病院に行った。

「おかしいですねー。よくならないなあ。あの薬で治らないということは、やはり、心に大きなもやもやを抱えているのでしょう。うーん…、じゃあここの精神科に行ってもらおうかな」

ということで、これが私の精神科デビューだ。私は、正直、昔から(小学四年くらいかな)精神科に憧れていた。優しくしてもらえそうなイメージがなんとなくあったのだ。なぜか。

早速、市民病院の精神科に行った。待合室は明るい感じで、普通の感じの方ばかりに思えた。

そして、「かおりさん」と呼ばれ、私一人でカウンセリング室へ。そこはきれいな感じで、おもちゃなどがおいてあって、いやすい感じだった。

私は、部活での対人関係などを話した。私はやはり、カウンセラーの先生にも人見知りをして、うまく話せなかった。

「そうかあ。うーん。友達と話すときは、常に三番目に話すようにしたらいいよ。例えば、五人で話してるとしたら、Aさんがしゃべった、Bさんがしゃべった、次に私。Cさんがしゃべった、Dさんがしゃべった、次私、って感じでね」

そんなにうまくいかないんだよなあ…と、ひねくれた私は思った。でも私は、「はい～」「はい～」と返事をしたのだ。でも、こんなに具体的に言ってくれて嬉しかった。

そして、「親指法」を教えてもらった。それは、利き手と反対の親指に意識を集中させて、温かいな、とか、冷たいな、とか、ドクドクいっているな、などを感じるものらしい。

うまくできない…。

カウンセラーの先生は、「わからなくてもいいよ。そこに意識を集中すること！」と言った。それを、夜寝る前に三分間しよう、ということだったのだが、「それで治ったらやばい！」と思うのと、面倒くさがりな私は、全くやらなかった。

この夏、私と父、母、姉で名古屋へ一泊二日の旅行へ行った。（そのときは「愛・地球博」をやっていたからね）

暑い。暑い。ただでさえヒクヒク＆はあはあと、荒い呼吸がさらに荒く、激しくなってくる。肩が大きく揺れだした。

「もう無理やあ」と私。

「わかった」と父＆姉。

「まだ大丈夫！」と母。

なに言ってんだ?! 無理なの！ 母に怒りを感じながらも、父と姉がなんとか母を説得してくれた。

ホテルに着いた。部屋は二つとってあって、私と姉、父と母という感じで別れた。夜ご飯を食べて、父が寝た後、母が部屋に来た。女三人で語り合った。わが家について。

父は小学生の頃、ハーモニカを吹いて学校から帰ってきていたらしい。

変な子供やったろうなあ。いろんな話を聞いて、しゃべって、十二時過ぎに語り大会は終了した。

次の日。名古屋城へ行った。旅行でお決まりの写真撮影は、カメラをゴミ箱の上に置いたりで、他人にはいっさい頼まずに行った。(四人ともシャイなの)

そして、帰っている途中に、お風呂やさんを見つけたので、そこに行こうということになったが、私と姉が異常なほど嫌がった。すると、父がすねた。だから、しょうがなく入った。あんがい悪くなかった。ごめんね、お父さん。

そのあとだ。「モンゴル８００」のＣＤを聴きながら、楽しく、ファミレスへと向かった。店に着いたとき、私の携帯が鳴った。友達からメールが来ていて、「まあいいやー。中で打とー」と思い、携帯を持っていった。

「いらっしゃいませ〜」

席につき、「よいしょ」と腰掛け、携帯を打ち始めた。すると、父がキレした。

「なにしてんだー！」「やめろ！」「なんで打つんだー！」

はあああ〜？　なんで？　すごい疑問だった。でも私にはばかばかしくて、逆ギレする力はなかった。だけど、涙が出た。泣いた泣いた泣いた。(私には理解不能な)父の怒りに泣いた。すると、また呼吸がおかしくなってきた。過呼吸だ。

料理も頼んでいないのに、「おい、帰るぞ」と言う父。ああ、また私のせいか、と思った。

そして何分かたち、父も落ち着き、料理を無言で食べ、無言で店を出た。なんて嫌な日なんだ。ていうか、なんなの？　この八月は？！　わからないよ。

そして、肩の揺れ、呼吸のヒクヒクはますます、以前よりひどくなった。

そして次の日、肩の揺れと呼吸がひどすぎる、ということで、予約でもないのに、市民病院の精神科へと向かうのだった。

◈　◈

突然の診察やカウンセリングにもかかわらず、カウンセラーの先生や、精神科の先生は落ち着いていた。カウンセリングでは、「そっかあ。そんなことがあったんだね。うーん、どうしますかねえ。薬、セルシン二ミリグラムに増やしましょう。肩の揺れも前よりひどくなってるし」ということだった。

それでも私は薬を飲まなかった。

肩の揺れと呼吸はやはり、前よりひどく、ご飯を食べてもヒクヒク、話をしてもヒクヒク、寝ているとき以外はすべてヒクヒクだった。

母に、「階段上り下りしとるときもヒクヒクしてるから、誰が来たかすぐわかるわ」とまで言われてしまった。

母は、薬も飲み、カウンセリングも受けてるはずなのに、全くよくならない私を見て、

「かおり、違う病院へ行こう」と言ってきた。

「は？　嫌だ、嫌だ、嫌だー」と駄々をこねた。私は、市民病院がよかったから、というのももちろん理由としてあるけれど、また新しい病院に行って、新しい先生に会って、また最初から話をして…という過程が面倒くさかったのと、こわい先生だったら嫌だとか、自分の考えを否定されたら嫌だとか、いろいろ考えたのだ。

母も、私も、泣いた。

結局、母と私と姉とで、大学病院へ向かった。母は、「△△病院？　大学病院？　どうしよう…」と迷っていたらしい。一人で。辛かっただろう。迷っただろう。

着いた。大きい。市民病院と比べると、古い。

中に入ると、案内の人みたいな女の人が、「神経内科へ行ってください」と言った。

神経内科のところで、私は本を読んでいた。すると、看護婦さんが来た。

「かおりちゃんかな？　ここ（神経内科）じゃなくて、小児科に来てくれるかな」と言われた。そして、小児科の待合いのソファに母と私と姉と三人で座っていた。すると、「かおりさん～」と呼ばれ、「ちょっと尿検査したいから、おしっこ採ってきてね～」と言われた。

「は～い」

そして採ったあとは母と、診察室へ入った。そこには男の先生と、何人かの看護婦さん。

その男の先生は、とても明るくて陽気な感じの先生で、楽しかった。後から知ったが、大学病院の教授だったらしい。

「う〜ん。これはね〜、…チックかもしれないね。うん、入院しましょ」

「ええっ?!」と母&私。

「いつから?!」

「今日」

「うええっ?!」

びっくりした。…なんというか。…うん、びっくりした。なぜか、泣けた。びっくりしたのと、やっと家から離れられると思うのと、離れたくないのと、小さい頃から入院したかったのと、いろんな感情がぐちゃぐちゃに混ざり合って、涙として出てきたんだろう。

「大丈夫。小さい子もいるから〜」と教授。そういう問題かあ〜?でもいいわ。なんとかなるわあ〜、となんだかタフなあたし。

小児科病棟は、とっても可愛い感じ。アンパンマンのカーテン、ウサギやクマのはりもの。主治医は小児科の女の先生で、担当医も女の先生。どちらもきれいで優しい。

母も一緒に泊まることになった。わーい、これは楽しい!

一度家に戻り、支度をした。祖父母は泣いていた。

「泣かないで」とも思ったし、「なに泣いてんの」とも思った。

「頑張るんだぞ」と祖父。

「はーい。わかったよ〜」

私が一番に用意したのは、ためていた薬の容器（お菓子のカンカン）だ。さあ、これで思う存分薬をためることができる、と思った。最低だったな、と今なら思えるんだ。

好きなＣＤをかけながら、父の車で、父、母、姉、私で大学病院へ向かった。入院ライフの始まりだ。

◈　◈

小児科での入院は思っていたより、ずいぶん楽しく過ごせた。夏休みだったからか、一人になることがなかった。必ず母か姉がいてくれたから、退屈じゃなかったし。その頃はまだ、中学校に戻ることができると信じていたから、勉強にやる気もあった。ドリルもちゃんと頑張って毎日やっていた。

朝は一階を散歩した。そして私のお決まりの場所（自動販売機の前のソファ）で通り過ぎる人を見ていたら、みんな私の肩の揺れを見ていくような感じがした。それでまた辛くなった。それから、また荒い息で小児科へと戻るんだけれど、看護婦さんや先生は特に心配したりしなかった。いつものことだろうと思っていたんだろう。

八月二十一日。入院してから二日目。私の十四歳の誕生日だ。病院で誕生日を迎えるなんて、そうそうないぞ。母と姉と母方の祖父母とで小児科の前の椅子にケーキとお寿司をおいた。

ろうそくに火をつける。

「…ふっー」

「…おめでとう～、かおり！」

ハッピーバースデイだ。本当にハッピーだった。みんなの優しい声。楽しそうな笑顔に囲まれた私は、幸せ。

入院て楽しいんだ～、そう思った。その後の精神科での辛い入院なんて、想像もつかずに…。

◈　◈

八月二十三日。大学病院での精神科受診の日だ。父と、看護婦さんと一緒に精神科へと向かった。「やだなー」と思った。待合室の雰囲気からすると、なんとなく怖そうな先生の気がした。

「かおりさーん」

ドキッ。呼ばれた。

入っていった。

「精神科医の谷口です」

「はいい〜」と私。先生は、めがねが印象的だった。

今までのことを話した。先生は、私が話したことをパソコンに打っているようだが、その打つ作業が速い。速すぎる！

「そうですかあ。…じゃあ、ちょっとベッドに横になって」と言われ、横になった。トントン、と、棒みたいもので、脚や手をたたいていた。緊張した。私は、（まあ、誰でもそうだろうね）初めて会った人に体を触られると、尋常じゃないくらい汗をかくのだ。

「暑い？」

本当は、暑いとかどうでもよくてドキドキしてただけなんだけど、「暑い」と答えた。

その日はそれで父と交代した。ルボックスという薬を二五ミリグラム出された。

その日、小児科の先生に、「どんな先生だった？」と聞かれた。

「めがねの先生だった」と言った。

「あはは。そう。嫌じゃなかった？　嫌だったら、先生かえてもらうよ？」

「大丈夫」。そう答えた私に感謝だ。本当にそう答えてよかった！　今、私は谷口先生が大好きだから。

八月二十五日。陸上部の顧問の先生とくみとゆきがお見舞いに来てくれた。いきなりだった。

「はらへった〜」と思ってお菓子を食べようと、引き出しを開けようと思った瞬間だった。

「シャッ」。カーテンが開く音。

「えー？！　くみ？！　ゆき？！　どうしてー？！」

超びっくりサプライズだ。そして、カーテンの向こうには、顧問の先生だ。嬉しくて泣きそうになった。みんなあたしのことなんていなくなってせいせいしてると思った。思ってた。「所詮、部活だけのつながりだもん」と皮肉に思っていた。こんなサプライズが起こるなんて。信じられなかった。夢かと思った。ほんとに。

姉に、「先生たち、来てくれた！」と言うと、「えっ？！」

姉も、中学以来の顧問の先生の登場と、ゆきとくみの姿にとても驚いていた様子だった。

そして、誕生日プレゼントとお見舞いのお菓子をもらった。嬉しかった。なにより、私の誕生日を覚えていてくれるなんて…と。

そして、数日前、家族で私の誕生日パーティをしたソファで話をした。

「かおりんがいないと、やっぱりなんか違うよな」「うん」「うん」と。

嬉しい。嘘でもいいから嬉しい言葉だった。

「かおりは生きてていいんだよ」って言ってくれた気がした。大げさに聞こえるかな。

嬉しくて、恥ずかしくなった。辛いこともあるけど、今日は、ハッピーだ。


八月二十九日。外出許可をもらい、市民病院のカウンセリングをしてもらっていた先生に「さようなら」を言いに行った。悲しかった。先生はとても優しかったから。目をみて、

「うん、うん」ってうなずいて話を聞いてくれたから。もう、「さようなら」したら、会えないのかな…。寂しいな。先生に会えて、よかった。また必ず、元気なかおりになって、
会いに来るよ。心の中にいるから。心強いよ。

そして、大学病院へ戻った。今日が小児科退院の日だ。

小児科の私のベッドの机には、「八月二十九日、午後三時精神科外来」という紙。

退院の支度ができて、重い荷物を両手いっぱいに抱えた。

「お大事に〜」「ばいば〜い」

同じ病室の子たちとの挨拶。

「いい顔して笑ってるね」。親しい看護婦さんに言われた。

「ありがとう」

そして、左手に付けられていた入院患者の証明のタグを切った。「プチン」。これで、小児科と、「さようなら」だ。

その足で二度目の精神科受診。明日の、「登校日」についての話をした。「行きたくないけど、絶対行かなきゃ」っていう思い。それを伝えると、「無理しなくていいよ。行かないでいいよ。休んでいいんだよ。休もう？」と言われ、休むことになった。

いい入院だった。みんなに、「感謝」だ。

◈　◈

陸上部の顧問の先生が自宅に来た。八月三十日のこと。私の家にはよく先生が来る。家庭訪問はもちろんだが、小学生のときにオーバードーズ未遂をしたときにはそのときの担任の先生が来てくれた。そして、中二で不登校になったときにも、中三のときにも、毎週必ず、当時の担任の先生が来てくれた。高校生になったいまでも、電話をかけると小六や中三のときの先生が暇を見て来てくれる。とてもとても、ありがたい。感謝しきれない。

母が、帰ってきて、「今から、先生来られるから」と言い放ったときは、「うそ〜、本当?!」とドキドキして肩がまた揺れだし、呼吸も大変なことになりそうだった。私の体は(心か?)正直だ。

「ピーンポーン」

「こんにちはー」

先生だ!

「こんにちは」

そしてクーラーのきいた私の部屋へ。二人で話をした。

楽しかった。先生は、私がなおしたらいいところなどを教えてくれた。でも、そのときも、頭ごなしに注意するわけではなく、自分の体験、経験を交えて教えてくれた。私はとても聞きやすかった。聞き入った。

「かおりんの二学期は、九月十二日からスタートにしようよ。それまでゆっくり休もう」と言われた。なんだか、「行かなきゃ、行かなきゃ」と思っていたプレッシャーがふっと軽くなった気持ちと、「駄目だ! いいの? 駄目だよ!」と、自分に厳しくする気持ちがあった。

そして、結局、私の二学期は九月十二日からスタートということになった。

すこし、楽になった。肩の荷が下りるってこういう感じかな?と思った。
先生、どうもありがとう。そんときの気持ち、すごい覚えとるよ。天気はすごくよくて、
カーテンから夏の日差しが入っていたよね。

《二学期》

とうとう、私の二学期のスタート。九月十二日だ。ドキドキして、肩は揺れまくり、今にも過呼吸になりそう。それでも、先生と約束したんだもん、絶対行かなきゃ!と思って、頑張って、一歩一歩踏みしめながら学校へ向かった。

学校の生徒玄関についた。そこには、保健室の先生と、スクールカウンセラーの先生がいた。

「おはよう。大丈夫?」と保健室の先生。

「ちょっと辛そうだから、保健室へ連れてってやって」とスクールカウンセラーの先生。

保健室に入って、椅子に座った。呼吸はひどく荒れている。辛い。

「そんなに泣くと、過呼吸になるよ」

泣いてないよ! むかついた。そしたらもっと呼吸が苦しい。やばい。どうすんの?!

息を吸うってどうやるんだ、吐くってて?! パニックだった。

ベッドに横になった。左手は五日から再発したリストカットの傷跡。タオルで、見えないようにぐるぐる巻きにした。

生徒指導の先生が来てくれた。

「大丈夫だよ。ゆっくり息して」

優しいな、と思った。私は呼吸が苦しくなっているときは、優しく「大丈夫だよ」と言ってもらうと、(すぐには楽にならないけれど) 心がほっとする。たいていの人は、こっちがパニックになると、相手もパニックになる人が多いので、いつまでも、苦しい。でも、それはしょうがないことだと思う。もう慣れた。家族も、先生も。苦しいのは相手もだと思うから。今ならそう思う。

担任の先生が来てくれた。

「大丈夫? なんか、くみがかおりさんに会いたいって言ってるんだけど、いいか?」

「うん」

本当は、こんな姿を見られるのは、嫌だった。でも、NOが言えなかった。

「シャー」。カーテンが開く音。くみだ。私は精一杯呼吸を普通に見えるように抑えた。

「かーおりーん!」

「くみー!」

「大丈夫?!　会いたかったあ〜」とくみが言った。

私は、「大丈夫だよ〜。私もめっちゃ会いたかったよ〜」

「じゃあ、そろそろ授業始まるから戻るね〜」

「うん。ありがとうー」

はあ。やっと終わった(↑嫌なやつだな)。苦しい。なんでだろう。

そして私は、午前中で帰ることにした。担任の先生が、「車で送ろうか?」と優しく言ってくれたけれど、「いい。大丈夫です」と冷たく言ったのだった。そして、ふらふらとしながら、歩いて自宅へ帰った。

「ただいま」

「おかえりー。どうやった?」と姉、祖父母。

「うん、なんか…」と一部始終を話した。

そして、四人で、行きつけの喫茶店へ行き、お昼を食べた。帰りにショッピングセンターへ寄った。そこで姉を降ろし、そして、祖母が買い物に行った。私は祖父と車に乗っていた。すると、祖父が口を開いた。

「今日かおりどうやった?」

「うーん。保健室におった」

「保健室?!　駄目や。ちゃんと授業受けないと!　授業受けさせてくださいって言わなあかんやろ!」

「え?」って思った。怒りすらなかった。

「そうですか。あなたは、私のことより、私の成績のことが大事なんだね」

天気はよくて、それがなんだか、残酷な午後の日差しに感じて、怖かったのを覚えてる。

◈　◈

苦しいときこそ
頑張らなきゃいけない?
苦しいときは休んじゃ駄目なの?
頑張れって
そしたら
成長できるって教えられたよね
頑張れば成長できるよね
頑張る
休まない

止まらない
泣かない
笑え
笑うんだ
笑うんだ

◈

◈

夜になると、いつにもまして、肩の揺れが激しい。そして、笑っている。全然楽しくなんてないのに。

「うふふふー」「あはははー」「えへへへー」

姉が、様子がおかしいと思い、家の階段を駆け下り、母を呼んできた。姉は泣き泣きだった。「なんだ？　これ」。自分でもわからなかった。止められなかった。そして、次は、泣き始めた。でも、泣いていたと思ったら、また笑いだし…。

「えーんえーん」「あははー」「きゃあー」「えーん…」

そんなのが延々と続いた。父が仕事から帰ってきた。

「どうした？！」

状況を説明する母と姉。泣き、笑う、私。自分でも、「変だ」とわかるが、どうしても、元に戻れない。

そして初めての、大学病院の救急外来へ。病院へ向かう車の中でも、「えへへー」「あははは」「えーんえーん」「うふふふ」の連続だ。

着いた。急いで救急センターへ。何分か待っていると、精神科の当直の先生が来てくれた。

「うーん、過呼吸にもなってるねー。ペーパーバッグ法やりましょう。ちょっと袋持ってきて」と看護婦さんに言った。すると、看護婦さんが紙袋を持ってきて、私に渡した。口に袋を当てる。はじめはあんまり意味がない、と思っていたが、だんだんと楽になった。でも、あいかわらず、肩の揺れと、泣き笑いは治まらない。

先生が言った。「注射しましょう。セルシン持ってきてー!」

「はい。先生、確認お願いします」

「はい、オッケーです」

「はーい、かおりさん、ちょっと痛いですよ」。ちくっ。

痛さは全く感じなかった。注射を一本打ったが、なんにも変わらず。

「うーん。効きませんねえ。じゃあ、もう一本打ちましょう」。…ちくっ。

「はい、じゃあこれで効くと思うので、ゆっくり休んでください」

立とうとしたが、立てない。脚が動かない。やっと立ったが、ふらふらだ。

「わー。大丈夫?!　車椅子持ってくるから待ってて」と看護婦さん。

車椅子に乗った。先生と看護婦さんにお礼を言おうと思って、口を開き、声を出した。

すると、「ありあとうごらいまひた」。口が全然まわらない。

車椅子を降りて、父の車へ向かおうとしたが、やっぱりふらふらだ。父におんぶしてもらった。おんぶなんて、何年ぶりだろう。そんなことを考えながら、車に乗った。

いつの間にか、寝ていた。

なんだか、ふわふわしてて、水の中にいるみたいだった。

◈　◈

「よーし、ちょっとドライブ行ってくっかあー。休みやし」

九月十七日のことだった。

「わーい」

父、母、姉、私でドライブに出かけることになった。もう、夏の直撃するような日差しではなく、秋の、柔らかな日差し。天気はとてもいい。なんか、嫌なことばっかり続いたから、とてもいい気分転換になるだろう、と、父が言ってくれたのだ。父のそういう優しさにびっくりもしたが、素直に喜んだ。

そうして楽しく車を走らせていた。信号が、黄色から赤に変わる。

「シュー…」。車が止まる音。「…トン」と、一息つく音。「……ドンッッッッッ！」

へ？！　なんじゃ？！　後ろを見ると、おじいさんの車がぶつかっている。

私はまた呼吸が荒くなり、肩が大きく揺れ出す。パニック。

父が車のドアを開ける。「バンッ」

「なにしとるんですか？！」

「すみません」

「私しっかり止まりましたよね？！」

「はいー。ちょっとよそ見しとったら、ぶつかりました」

「すみませんじゃないやろ！」

キレている。当たり前だ。私たちも、車から降りた。父が声を大にして言い放った。

「…うち、どうなっとるんじゃあああ～？！」

ごもっともだ。本当に、今年のわが家はどうなっとるんじゃあ～だ。それに、共感するものの、呼吸の激しさと肩の揺れはいっこうに治まらない。

姉が、近くの自動販売機で、お茶を買ってきてくれた。薬を飲んだ。

母が警察に電話。そして、母の実家が近かったので、そこに電話した。出ない。最後の頼みと思い、母の弟（私にとってのおじさん）の携帯に電話した。

「プルルルー。プルルルー」

「…はい」

出た！　よかった。母が携帯で話している。来てくれることになった。

おじさんは、お昼を家族で食べていたところだった。今日は、おじさんの娘と息子の運動会で、ラーメン屋でお祝いをしていたところに、母から電話が入ってきたのだ。

すぐに来てくれた。車に乗せてもらい、近くの病院まで走った。

着いた。

休みの日だったので、救急の入り口から入った。何十分か待っていると、呼ばれた。

母がかくかくしかじかを話す。点滴をすることになった私。それは、気持ちを落ち着かせる点滴だったと、後から母が言っていた。

「はーい、ちょっと針刺すよー。どっちの腕がいいかな？」

「右でお願いします」

「はーい」と言って、右腕を見たが、血管が見えなかったらしく、左腕を見られた。包帯が、腕にぐるぐる巻きだ。看護婦さんは、不思議そうに、いや、ちょっと、見てはいけないものを見たような、申し訳なさそうな顔をして、右腕に針を刺した。

そして、ベッドで横になっていると、落ち着いてきた。

トイレへ行くと、父、母、姉、祖父母、おじさん、母方の祖父母まで来てくれていた。

そして、ぶつけたおじいさんの息子さんが来ていて、私に謝った。

「大変なことをしてしまって、申し訳ありません」

私は、なんだか、声が出なくて、ただ見つめるだけだった。


事故の次の日。私たちは、診断書をもらうために、昨日の病院へ行った。

母が受け付けをしていると、小さい子供が、私の肩が揺れているのをまじまじと見ているのだ。私はまた呼吸が荒くなり、苦しくなった。それで、ここの精神科で診てもらうことになった。

精神科は、二階だ。階段を上がって精神科の札を見ると安心した。そして、受付へ行くと、すぐ診察ということになった。

「かおりさん」

ガラッ。戸を開けた。男の先生だ。

「かおりさん、おはようございますー」

「お、おはっ、ござっ」

呼吸が苦しくて言えないよ！と多少むかっとした。自分にも。

結局、ペーパーバッグ法でなんとかしてください、ということだった。

次は、診断書を持って、警察署だ。「警察」。ちょっと怖いな、と思った。

小さな部屋に入って、「シートベルトはしていましたか？」

「いいえ。（私は後ろの座席だったので、していなかった）」

「ぶつけたおじいさんは知人ですか？」

「いいえ」

そ、そんなん、知人やったら、マジで、殺人計画やあ～と思いながら聞いていた。

「以上です」と言われ、警察署を出た。四人で、平日なのに、ゆったりと、ファミレスで昼食を食べ、ドライブして帰った。

何日か後に、おじいさんが家にケーキを持ってきた。十五個！　多い…。

体重を確実に増やしながらも、みんなで楽しくケーキを食べた。いい人でよかった、とみんなで言っていた。

そのおじいさんの名刺は、ごく最近まで、父の財布に入っていた。

九月のある日。姉の調子がおかしい。泣きじゃくっている。

「もう無理、もう無理」。泣いている。翌日、大学へ帰らなければいけないのと、彼氏といろいろあった（姉のことを思って詳しくは書かないことにするね）ことが、「もう無理」だったらしい。父が、大学に電話をして、「娘の体の調子がよくないので、休ませてください」と頼んで、休ませてもらった。

そして、「心の相談センター」というところへ行った。予約して行かなければいけないのに、急いで行ったので、予約をしていなかった。だから、職員の方々もあたふたしていたが、なんとか診てもらえることになった。

姉が女の人に呼ばれ、カウンセリング室へ入っていった。父は、別の女の人に呼ばれ別のカウンセリング室に入っていった。私は、一人で肩を揺らしながら、近くの本棚にあった、『シンデレラ』を読んでいた。

父が戻ってきた。次に姉も戻ってきた。少し不満そうな顔をして。

姉に、「どうやった？」と聞くと、「『あなたは強いから、大丈夫』って言われた」と言った。それは悲しいよなあ。辛いときにそれを言われても、辛いだけじゃないか、と思う。

でも、予約もなしで来たんだから、しょうがないのかな。

「お姉ちゃんがはやく立ち直りますように…」と祈った。

そして、父も母も、姉に目がいっていて、私の方を見ていない。チャンスだ！と、最低な私は思ったんだ。

「リストカット」再発。

風呂場に剃刀を持っていった。少しドキドキしている。何ヵ月ぶりだろう。手を、精一杯上にあげて、振り下げる。シャッ。パカッっと開いた傷。ドクドクと血が流れ出す。

「気持ちいい！」

久しぶり。この気持ち。最高や。きゃー。テンションアップだ。そして長袖を着た。

それから私は、毎日切った。今までたまっていたぶんを手首に刻み込むように。

谷口先生に、「今度、また傷が増えていたら、お父さんやお母さんに言うからね」と言われた。困る。けれど、止めることができなかった。

次の診察。

「じゃ、約束だったから、お父さんとお母さんに言うよ」

「やだ！　やめて！」

「駄目だよ」

父と母に言われた。母は、怪しいと思っていたらしい。あとから、谷口先生に、「お母さんは、そんなに鈍くないよ」と言われた。母親はすごいな、と思った。

「リストカットがひどいので、入院しましょうか」と言われた。えッー？！　ちょっと嬉しい気持ちがあった。小さい頃（小学生の頃かな）から、「精神科」に入院っていうのに憧れていたから。

あの頃はまだわかっていなかった。どんなに辛い入院が待っているかなんて…。

◈　◈

九月二十六日。とうとう一回目の精神科入院の日。病院へ行く前に、ショッピングセンターへ寄って、漫画を買ってもらった。そして重い荷物（ほとんど、漫画と本とドリル！）を持って、まずは、谷口先生の診察。

母が、先生に聞いた。「先生、入院っていっても、長くて一週間くらいですよね？」

「えっ？　いいえ。早くて二週間、長くて一ヵ月と考えています」と言われた。

私たちは、二人して、「ええー？！」と。小児科は一週間だったから、そんなもんかと思ってた…。そして、看護婦さんが二人来て、私たちを病棟へと案内した。

「いっぱい漫画入ってるね」

「はい」

「どんなの読むの？」

「NANAとか…」

「あ～今流行っとるもんね」。などとしゃべりながら歩いた。着いた。

へ？！　と、扉がある。は？！　鍵開けてるよ。なにここ？！　びっくりした。

部屋に着いた。二五八号室だ。

「今日から入院する、かおりさんでーす」と看護婦さん。

「よろしくお願いします」と私。

「はーい」とみんな言ってくれて、ちょっとほっとした。みんな優しそうだ。よかった。

もう空は、完璧に秋のもよう。

優しい日差しで、少し胸が苦しくなった。

◈　◈

入院して、何日かめ。私はご飯を全く食べていなかった。食欲がなかったし、やせたかったから。

ある日、朝、デイルームのソファに座っていると、若い男の人が近づいてきた。

「クッキー食べる?」

「えっ? い、いいです」

「食べなよ」

「いえ、お腹いっぱいやから…」

そして、結局、ゴマのクッキーをもらって、部屋においておいた。

そして、ソファに戻ると、その人もいた。

「名前、なんていうの?」と。

「かおり。なんていうんですか?」

「池田です」

「なんて呼べばいいの?」

「いけちゃん」

「あはは。はい。かおりは、みんなから、かおりん、て言われとるよ」

「うん、そんな感じした」

「なにそれ~」

池田さんは、銀杏BOYSの峯田さんの顔と、バンプオブチキンの藤くんの顔によく似ていた。私は、峯田さんも、藤くんも、好きだったし、寂しかったから、池田さんとたくさん話をした。

「どんな曲聞くの？」と池田さん。

「ハイロウズとか聞く」

「え？　本当？　俺、ハイロウズのファンクラブに入っとるよ」

「えー？！　すごーい！」。びっくりした、いい人と出会えたと思った。

そして、クッキーの次は、ハイロウズのロゴシールをもらった。

「学校はどうしてるの？」

「今、行ってない」

「ふーん。今、何年生？」

「中二」

「そうなんや。それよりさあ、かわいいね」

「全然やし！　太いし…」

「そんなことないよ。…ちょっと、歩こうか」

「うん」と言って、ナースステーションの方へ行き、そこから一直線に来た道を戻った。

「ちょっと歩いてデートしようよ。肩組んでいい？」

「えー?!　恥ずかしいです…」と、言った。が、肩を組まれ、歩いた。

「可愛いなあ。彼氏とかいるんでしょう?」

「今はいません―」

「そうなんだ。じゃ、またソファに戻ろうか」

「うん」

「ちょっとさ、手つないでいい?」

え?!　なんか、気持ち悪い…。さっき会ったばかりなのに、なんなんだ?

でも、私はNOが、言えない。…つながれた。汗をかいていて、気持ち悪かった。

そして、MDを二十枚くらいもらった。大塚愛や、ハイロウズ、ブルーハーツなどだ。

困った。なんか、この人、怖いよ。

そして、部屋にも来た。部屋の前で、「かおりさーん」と呼んだ。私は恥ずかしいのと怖いのとで、泣き泣きだった。そして、看護婦さんが、私の部屋に来ているときに、池田さんが部屋の前に来た。看護婦さんが、「かおりちゃん、池田さん来とるよ」と言ったが、私は、「いやあー。無理―!」と、布団をかぶった。看護婦さんは、池田さんに、「今ちょっと、調子悪いから」と言って、断ってくれた。

夜。谷口先生が来てくれた。池田さんのことを話した。すると、呼吸が苦しくなってきた。先生に、「あっ、ちょっと過呼吸になってきてるよ。タオル口に当てて」と言われた。そして、MDはすべて返すということになった。

先生は、両親に、「次にまた、あちらがなにかしてきたら、強制退院してもらうよう、あちらの主治医に言っておきます」と、言ってくれたらしい。

彼氏と手をつないだことすらなかったのに…と、私の幼い乙女心はちょっと、傷ついた。

私は、池田さんはどこが悪いのか、わからなかった。後から思ったのだが、同じことを、何度も何度も聞く人だった。そんなことがあった後でも、まだ、「かわいいね」とか、「かわいいパジャマだね」とか言われたけど（苦笑）。

私が退院して、いつだったか、池田さんを見たけれど、前より、いきいきとした、落ち着いた目をしていた。だから、私は、安心した。

今は、そんなこともあっての私だから、成長できたと思ってる。とりあえず感謝だ。

「ありがとう」


池田さん事件があった日の夜のことだ。

夜中、目が覚めた。携帯をいじっていたら、いきなり、

「バンッッッ！」。戸が勢いよく開く音。

だ、誰か、入ってきた！　誰？！　怖いよー。あ、女の人だ。なにっっ？！

怖い怖い怖い怖い…。

そして、女の人は、私のベッドの横の椅子に腰掛けた。

「だ、大丈夫ですか？」

なんか、ふらふらしてる。大丈夫かな？

私はそのとき初めて「ナースコール」というものを押した。

「…ピンポーン」

「…はい。どうしました？　かおりさーん」

「あの、なんか、いきなり女の人が入ってきたんですけど…」

「あ〜、ちょっと待っとってー！」と、言われ、すぐ駆けつけてくれた。

「ほら、〇〇さん、ここ違いますよ！　戻って！」と。

「ごめんね。かおりちゃん。怖かったねえ」と、看護婦さんが言った。

本当に驚いた。怖かった。今でも、あれは誰だったのか、謎だ。ホラーだ…。

母に言われた。「あんたは、自分が辛いときはナースコールなんて押さないのに、人が大変なときは押すんだね」と。たしかに。私は、人が大変なときは、なにがなんでも助けたい、と思うんだ。

自分にも、もう少し、優しくしてあげてもいいのかな?と思っている。今は。

◈　◈

入院して初めての火曜日。初めての教授回診だ。

「どんなん?」と、同じ部屋の人たちに聞いてみた。「うーん。先生たちがいっぱいで、なんか、緊張するよ」と、言われた。嫌だなあ…と思った。

とうとう二五八号室の番だ。

廊下をのぞいてみると、ドラマの『白い巨塔』のように、教授を先頭に、後ろには数十人の医師が。もちろん、谷口先生も。

私の番は最後だった。

私の目の前に、教授が来て、その周りには、お医者さんで、私の横は、谷口先生。

谷口先生は、私の病状を説明している。

「かおりさん、十五歳。リストカットが激しく…」。いろいろ言っている。

すると、教授に、「手首を見せてください」と言われ、見せた。

「あー、けっこうひどいねー。どうして切るの?」

「血が見たいから」

「それなら、切ったところを写真でも撮っておけばどう?」

「やだ」

「じゃあ、毎日五ccでも、血とってあげようか? それとも、血を入れたペットボトルでも飾っておく?」

「気持ち悪い」

「そうだよねー、はは」と言って終わった。

はあ? と思った。そんな問題じゃないし、と悲しくなった。怒りもわいた。泣きたくなった。傷、見せなきゃよかった、って思った。

二五八号室の教授回診が終わった。教授、医師が出ていき、谷口先生が出ていくとき、私に言った。「そういうことじゃあ、ないんだよね」

えっ? 嬉しかった。わかってくれているんだ、と。ほっと楽になった。

先生、覚えているかな? ありがとう。すごく、救われました、先生。

◈　　◈

入院して、五日が過ぎた頃、変わった患者さんに気づいた。

いきなり、二五八号室に入ってきて、私の隣の患者さんに、「あなたは、全然病気じゃないわ！　今すぐ退院しなさい！　出て行きなさい！」と、言っている。は？　なに言ってんの？！　そう思っていると、今度は私のところへ。その頃は、まだ肩も揺れていて、呼吸も荒かった。いきなり肩に手を乗せて、「ゆっくり息しなさい。スーハースーハー…」。気持ち悪くなった。知らない人にさわられたくないよ。

「ちゃんと、息できるようになるからね」と。

「は、はい」としか言いようがない。あなたはお医者さんかい？！と思った。

そして、私がいつも以上に肩の揺れが激しくて、呼吸も荒く、デイルームのソファに手を付いて、はあはあと、呼吸をしていた。すると、初めて見る患者さんが、「大丈夫？！すごく辛そう。ど、どうしよう。歩ける？！　一緒にナースステーションまで行こう？」と、言ってくれた。そして、ナースステーション前まで、よたよた歩きでなんとかそのおばさんに支えられて行った。

看護師さんが出てきた。ペーパーバッグ法をやった。

すると、さっき、二五八号室に入ってきた、変わった患者さんが、私の横に来て、「これは、あなたの中に、悪霊が入っているからだわ」と、言って、私の背中を思いっきり、「バンッバンッ！」と、叩いた。

痛い、痛い…。なんで？！　意味わかんない！

そして、極めつけは、ラストに、大声で、「悪霊、たいさーん！」だ。

はあ。なんなのだ。訳わからん。怖いよ。

「はやく、退院したい」

入院して初めて思った瞬間だった。

それから私は、毎日、退院したい、退院したい、という気持ちでいっぱいになった。


「退院したい」「退院したい」と、口うるさく言っていた私だった。

そのうちに、車の通る「ブウーン」とか、「ゴーッ」とかいう音や、病室の人々のしゃべり声が怖くなった。動悸が激しくなる。

「うるせーよ！」ってもう、もう、なんだか、狂いそうになりかけだった。

鳴るはずのない、学校のチャイムや、家で、祖母に呼ばれる声とかが、聞こえてくる。

「かおっちゃーん」「キーンコーンカーンコーン」「きゃははは」「ゴーッ」

「もう、いやあああああー」

さすがに、父も母も、これはいかん、と思ったらしく、谷口先生に、退院を申し出た。

すると、先生から、「いいでしょう」という許しが出た！　退院することになった。（それも、その日！）。十月十七日の夜のことだった。

同じ病室の人に、「もう来ちゃ駄目よ」「ちゃんと、食べなあかんよ」などと言われ、私は、「はーいはーい」と、聞きながら、心は、「やったあ！　自由やあ～」だ。すごく嬉しかった。そして、みんなにバイバイした。

帰りは、父と母の夜ご飯に付き合った。美味しそうな、パスタに、ケーキ。一口食べた。「…甘い」。何日ぶりに食べただろうか。一口食べたら、止まらなくなったけれど、「明日からまた食べないでいればいいや」と、考えていた。甘い甘い、考えだったと、知らず。

◈

◈

退院して、家で過ごしている私。落ち着くと思ったのだが、今度は、「食べる」という欲望に縛られるのだった。

何日間も、食べ物を口にしなかった分、食べ物を詰め込んだ。過食した。母に、「パンかおにぎり二十個買ってきて」と、メールもした。

「お腹がいっぱい」という感覚がないんだよ。

「食べる」ことは、汚い、と思いながらも、大量に食べて、吐いている自分がいる。

ある日は、パン七つ、ご飯二杯、ソーセージ一袋、チキンナゲット一袋、ケーキ三つ…。

まだまだだ。

するとそれを見かねた父が、私が持っていたパンを取り上げて、「もう、食べるなあー!」と。私が、「無理! 食わせろ! 返せよ!」と言うと、父が、キレたのか、おかしくなって、「うっこんでやろうか?!」と言いだし、パンを口につっこまれた。

「こんなはずじゃなかった」。毎日毎日、自分を責めての繰り返し。

「透明」なものになりたかった。だから、「透明」なものしか、口にしたくなかった。

「水」とか、「お茶」とか、「空気」とか。


「今日こそは食べない!」と、決めても、一瞬でも食べ物が目に付くと、そんな考えは吹っ飛ぶ。

食べているときは、なにを思っていたのか、考えていたのか、わからない。思い出せない。ただ、頭に、「食べろ」の文字があった気がする。

そして、一段落つくと、「ああ、なんで食べたんやろ」「汚い」「消えたい」で、それでまたストレスがたまって、過食、の悪循環。そして、自傷行為。

ある日は、食べてしまった自分に、ものすごくイライラして、カッターで、手首を切った。「スパッ」。見てみると、白い筋が見える。

「あれ? なにこれ?!」。血が、ドクドクと流れ出す。

「あ、ちょっとやばいかな?」。くらくらしてきた。でもでも、血の処理しなきゃ。そして、手首を包帯でぐるぐる巻きにして、処理したら、そのままソファに倒れ込んでしまった。

その日の夜、呼吸がおかしくなって、大学病院へ行った。注射をしてもらった。でも、そのときはまだ、母に切ったことを言ってなかった。

家に帰ってきてから、「切った」と言うと、「見せて」と、言われたが、見せなかった。

「病院、行く必要があるなら、行くよ」

「はい」と、言って、近くの救急センターへ連れて行ってもらった。

すると、「あー、これは、縫わなきゃいけないね」と、言われた。

「ちょっと腱見えてるし、腱に傷ついてるでしょ?」と。

もうちょっとで、左手が、動かなくなるところだったらしい。そして、手首と、もう一ヵ所を縫った。合計で、二ヵ所、八針だ。痛くなかった。全然。

優しい先生で、涙が出そうになった。

終わると、もう夜中の十二時。ごめんね、お父さん、お母さん、先生。

毎日が、「食欲」との戦いだった。辛かったあの頃、今も、覚えている。

上手く生きれない
リストカットしないと上手く立てない
オーバードーズしないと上手く進めない
過食嘔吐しないと
でもそれはただ自分を傷つけてるだけなの
いくら手首を真っ赤に染めても
いくら薬をためても
いくら気持ち悪くなるまで食べても
いくら手に吐きだこつくっても
それはなんにもならない
プラスには決してならない
でも
やってけねーんだよ
苦しいんだ

生きたいんや
死にたくなるほど
辛いんや

◈　◈

二〇〇六年十月二十七日。

大学病院の診察に行って、夕方から、中学校で、陸上部の顧問の先生と、担任の先生と話す日。

大学病院では、谷口先生と話した。先生と、どんなに違う話をしても、最後は、かおりの「やせたい」という話になる。そのことで、先生はきっと呆れただろう。きっと、きっと。でも、頭から、「太っている」「やせたい」ということがなにをしたって離れてくれない。

薬が増えた。「リスパダール」。「音」が気になる、怖い、苦しい、ので。

そして、中学校へ行くと、ちょうど生徒が帰るところで、人がいっぱいで、怖くなって、過呼吸。会議室で、ワイパックス二錠を飲んで、ペーパーバッグ法をやって、落ち着いた。

話をした。ゆっくり。いっぱい。

母は泣いた。先生も、泣いているようだった。私は、悲しくて悲しくて、みんなに申し訳なくて苦しくなった。「普通」に戻りたい、と、切実に思った瞬間だった。

縫ったことを言うと、顧問の先生は、「縫っちゃったかあー」と、言った。

「そこまでいっちゃったんだな」と、言っているように感じた。

先生に、「もう、自分を傷つけない、って約束して」と言われた。

けれど、できなかった。私は、「無理だ」と、本能的に感じた。「壊れる」と思った。「なにか」が。

そして、話は、「かおりんが、『しなければいけない』じゃなくて、『したい』『やりたい』と、思ったことに対して、先生たちは、できることを考える。いつでもいいから、それが、少しでもいいから、わかったら、教えて」という話でまとまった。

終わると、夕方の五時くらいだった。一時間近く話をした。

会議室から見えた夕空は、曇っていて、私の心のようだと感じたんだ。

私のために、あんなに一生懸命に話してくれた、聞いてくれた先生たちに、嬉しくなった、と、いうか、ちょっと、切なくなった。

はやく、元の私に戻りたいと、強く強く思ったことを覚えている。

誰かに頭を撫でてもらった気がして
急いで窓の外を見たら
それは風だって知って
私はなんだかなんだか
泣きそうになったのです

◈　◈

◈　◈

十一月二日。

母と、T医院へ行った。そこは、母がセカンドオピニオンを得るために相談に行っていた病院だった。初めに、ソーシャルワーカーの人と話をした。私は、そこでも、「やせたい」「やせたい」とばかり口にしていた。

そして、二時間ほど待って、F先生の診察。イメージしていた感じと全然違って、温かくて、包み込んでくれそうな雰囲気のある先生に感じた。

「かおりちゃんは、いつも、自分が、悪い、悪い、と思って家族と一緒にいるんじゃない?」と、言われた。

「ご飯とか食べてるときでも、家族の顔色をうかがって食べている」と、言うと、「辛いわね。そんなときって、いつも自分のせいで、みんな怒っているんだ、とか、私は、いつも笑っていなきゃ、とか、思うんじゃない?」と言われた。

すごい、と、思った。私のことを、こんなにすぐに、察するなんて…と。

後々に、私は、このF先生は、日本でも有数の、ベテラン精神科医だと知った。

診察も会計も終わって、外に出ると、風はもう、冷たく、スカートから出た脚が、冷えていくのを感じた。

秋の、夕暮れ。

◈

◈

十一月九日。

切りたくてしょうがない。そこで、私が思いついたのは、祖父と一緒に本屋へ行って、ばれないように、カッターを買う、というものだ。つまり、祖父を、「騙す」ということ。

「最低」な行為。でも、そのときの私にはそんな行為の最低ささえ、気づかなかった。

本屋。雑誌を二つ持って、その間にカッターを挟んで、レジへ。祖父は、気づいてはいない。買った。

「よし、買った。私は味方を手に入れた」。そう、思った。最低で最悪な私。でも、そのときは、全く罪悪感なんてなかった。安心感すら、芽生えたから。

その次の日。切って切って、また、縫った。

その一週間後。精神科、再入院。自業自得だ。

「騙した」罰。みんなを「裏切った」罰。

ごめんなさい。今なら思う。あのときは、思えなかった。あのときは、「おまえらのせいだ」とまで、思っていたから。きっと、ひどく、心が不安定だったんだろう。

◈　　◈

人間は、やっぱり
心があるんだね
心なんて、欲しくない
欲しくなかった
苦しいことや、辛いことは
これっぽっちも欲しくない

心なんて、欲しくない
欲しくなかった

中学三年生の頃

中学三年になった。担任の先生とは、なかなか面白い出会い方をした。そのときの私は、まだ大学病院の精神科に入院中だった。その外泊中のときで、しかも、お風呂あがりのパジャマ姿だ。

「うっそ。はずかしっ！」。そう思った。

そのときは、あんまりしゃべらなそうな先生かな？と思った。真面目そう、そう思ったんだ。

休んでいる私の家に、週に一度、必ず寄ってくれた。飼っている犬の話や、なんのたわいもない話のほうが多かったけれど、私はとても嬉しかった。

はじめは、名字で呼んでくれていたが、だんだんと、日を重ねていくにつれ、「かおりん」と呼んでくれるようになって、とても嬉しかった。

ある日――その頃の私は、毎日と言っていいほど、暴れまくっていた――いつものように、暴れていたら、先生が来た。私は剃刀を手に持ち、もうすでに、何本か手首に赤い傷をつくっていた。ようやく落ち着き、先生と話ができる状態になった。先生が口を開いた。「暴れとるときは、先生を呼んでいいよ。でも、先生に来てほしいからって暴れたらあかんぞ（笑）」と。「それから…。どんなかおりんもかおりんやから、先生は、受け止めて行こうと思う」

ありがとう。嬉しくて、泣きそうになった。初めてこんなことを言ってもらった。

心の底からの、「ありがとう」だな。

◆　◆

私が十五年間生きてきて、心が動かされた本があるのだ。それは、雨宮処凛さんの、『すごい生き方』という本である。その本には、よく出てくる、フレーズがある。

いじめられてよかった。
リストカットをしてよかった。
自殺未遂してよかった。
生きづらくて本当によかった。

私は、この本を読み始めたときは、「へえ〜？　こんなの絶対きれいごとだよ。生きづらくていいはずないじゃん」と思っていた。しかし、読んでいくうちに、私の中で、なにかが変わり始めていた。

作者の雨宮さんは、生まれつきアトピーで、それが理由でずっといじめられていた。そして、辛くて、苦しくて、悩んで、リストカット、オーバードーズ、自殺未遂もした。

雨宮さんは、なぜ自分には、心がある？と思っていた。私もそうだった。答えの出ないことを、自問自答する日々だった。

「なぜ心なんてあるの？　心なんていらない。心を持っていたって、傷つくだけ」

読み進めるにつれ、私の考えは、変わろうとしていた。

「生きていてよかった。心があって、本当によかった」

無理をしなくてもいいということがわかったのだ。

この本には、学校は、自分の心や体を殺してまで、傷つけてまで行かなければいけない場所ではない、という考えが書かれていた。私は今まで、学校は、無理に無理をしてでも行かなければならない場所だと思っていた。学校へ行くのは当たり前のことだ、と。しかし、それはきっと違うのだ。もっと、自分のしたいことをしていいんだよ。思うままにしても、いいんだよ。そしたら、きっと楽しい。生きているのが、楽しいよ。私が今、そう感じているように。

私は、小さなことで、すぐ傷つくやつだ。でも、きっとそんな人は、私の他にも、いると思うんだ。それは、心が弱いのかな。私は、それは心が素直なんだと思っている。自分でこんなことを言うのは、少し恥ずかしいけれど。傷つきやすいから、弱い、なんてことは決してないと思うんだ。

私は今までのこの十五年間に感謝している。

「生きづらくてよかった」と思える人は、強いと思う。私は、まだそこまでは思えていないけれど、そう思えるよう、努力はしている。きっと、それだけでも強いんだ。

生きているだけで、頑張っていると思う。

生きているだけで、いいんだ。

リストカット、ありがとう。

オーバードーズ、ありがとう。

自殺未遂、ありがとう。

お父さん、お母さん、私を生んでくれて、ありがとう。

この本を読んで、私は、心が成長できた、と、自信をもって言える。

『すごい生き方』。ありがとう。

私の左の太ももには、「あざ」がある。

私はそれが、すごく嫌だった。死ぬほど嫌だった。小さい頃は、小さいなりに、悩んだ。お風呂やプール…。保育園から、小学五年生までは、なんとか、プールへ入った。小学六年は、なんか、無理だった。なぜ私は、みんなと違うんだろう？　ずっと考えた。ずっとずっと、考えた。

「あざ」のことで悩んでいたとき、こんな日記を書いていた。


違うところがいい。

もう、ここから、落ちようかしら。

ふふふ。

かおりは普通じゃないんだ。

みんなと同じで生まれたかったぜ。


死にたかった。「こんなことで?」って思われるかもしれん。でも、ほんとに思春期のときで辛かった。なぜこんなに悩まなければいけないの？

「あざ」を消したくて、病院にも行った。すると、皮膚科の先生は、「レーザー治療なら、消せますよ」と、言った。けれど、父や母に反対され、やめた。というか、やめさせられた。だから、「あざ」を自分の力で消す方法を一生懸命、考えて考えて、思いついた。

「そうだ、切って、切って、切りまくればいいんだ！」

今なら、なぜこんな馬鹿で、自分を傷つける方法しか浮かばなかったのだろうと、悲しく思うが、このときは、「なんて私はいい考えが浮かぶんだ！」と思った。ナイスなアイディアだと思った。

早速、彫刻刀を取り出した。いつもの引き出しから。

「ギイー」「ギイー」「ギイー」

痛い痛い痛い…。真っ赤な血が流れ出す。

イタイヨ。イタイヨ。タスケテヨ。

結局、四本ほど切ったところで、我慢の限界だった。

今は、私は、プールも入るし、銭湯にも行く。

今は、この「あざ」も気にいってるよ。だってさ、あたしにしかないもん。

ここまで私は、人とは違う生き方をしてきたんだから、今さら無理に普通にならなくていい。そしたら、楽になったよ。

今でも、その傷は残っているけれど、私は大丈夫。

あたしは、私が好きだよ。

◈　◈

二〇〇七年が明けた。何時に起きたかな。昨日（二〇〇六年十二月三十一日）の紅白は白組が勝ったね。

「あけましておめでとう」

去年は、入院中の外泊で年が明けたけれど、今年は、しっかりと、わが家で元旦を迎えることができたことを幸せに思うよ。

起きて、携帯を見たら、早速メールが届いていた。

「あけましておめでとう〜。今年は受験やけど、頑張ろうね」「今年もよろしく！」「今年もいっぱい遊ぼうねん♪」「かおりん大好きやぞ〜☆」などなど。

うっれしかったな〜。

そして、きものを着た。母の。おせち、お餅を食べた。幸せ太りするちゅーの。

「カタン」

あ！　年賀状やあ～。友達から送られてきたはがき。懐かしい文字。みんなのことを思いだして、嬉しくなった。切なくも、なったな。

とにかく、とにかくね、「幸せ」だったの。

◈

◈

一月五日。今日は、T医院でF先生の診察と、栄養士さんの栄養指導の日。

病院へ向かう母の車から立山連峰が見えた。それも、綺麗に。昔のあたしは、なにを見ても、なにも感じなかった。ましてや、大自然が作り出した「山」なんて、絶対に心（目）に入らなかった。というか、入れたくなかった。なんでかな。今考えたら、怖かったんだろうと思うよ。自分の心が動かされたらどうしよう、とか、感動したら、負けなんじゃないか、とか。なにと競争してんだ？って話だけどね。きっと今より心が迷っていて、どろどろしてたのかなって思う。

T医院へ着いた。まずは栄養指導。部屋に入って、体重を測った。

椅子に腰掛けると、去年の、祖父と私で行なった展覧会（私は、中二の秋から――学校へ行けなくなってから――祖父に日本画を習って描いていた）を見に来てくれた栄養士さんが、口を開いた。

「かおりちゃん、この間は、素敵な絵を見せてくれてありがとう。私、かおりちゃんの絵見て、元気もらったわ。パワーもらった。私が、こうやって月に一度、栄養指導でいろんな話をして、あなたになにか優しさや元気をあげてることになるんだったら、私は、この前の展覧会でかおりちゃんからいっぱいパワーをもらった」と言ってくれた。

ありがとう。私、いつか、あなたが大好きだ、と言ってくれた、向日葵の絵描いてプレゼントしたいって、ずうっと思ってるよ。絶対、描くから待っててね。

Ｆ先生の診察では（Ｆ先生も、展覧会に来てくれた）、「このまえは、ありがとう。かおりちゃんが、やりたいことをしていけたらいいね。自分のできることを精一杯できたら、いいと思うよ。でも、まだ暗中模索だよ。…迷っていいんだよ」

思わず、涙があふれそうになった。ありがとう。迷うのは駄目なことじゃないんだ、ってわかったよ。迷うのは、「無駄」なんかじゃないんだ。

ありがとう。Ｆ先生、栄養士さん。

◈　　◈

一月十八日。

この頃の私は駄目なんだ。すごくイライラする。なんで？　すごく死にたくて、消えたくなる。幸せなやつら、みんな、ぶっつぶしたい。

こんな自分が嫌で嫌で、仕方がない。どこにこんなイライラするわけがあるわけ?!

死にたいけれど、死ぬための努力も面倒くさい。辛いときは、いつも、母に電話しそうになる。母が、教員であることも忘れそうになるくらい、血走っているのだ。

「お母さん? 助けて」

そう、言いたいのだ。言わなきゃ、自分が壊れそうなんだ。けれど、いつも我慢する。迷惑だからね。

生きることは、我慢の連続なのでしょうか。神様。

◈

◈

一月十九日の私。

私は出来損ないなのだ。生きたくないし、逝きたくもない。こんな自分は大嫌いだ。消えてしまえばいい。死んでしまえばいいのに。みんなにわからないように。みんなが悲しまないように。寂しくならないように。だから、だから、誰にもわからないように死のうか。心をなくすんだ。

私が死んで、私のことが心に残る人は何人? いいや。いないんだ。

頭の中で声が行き来する。苦しい。こんなかおりじゃ駄目だ。
なにも、できない。
なにも、できない。

◈

あたしがいなくなったら、みんな悲しむのかな
それは嫌だな。嫌だな
誰か、私を責めてよ
誰か、私を殴ってよ
誰か、私に「死ね」って言ってよ
誰か、私に「いなくなれ」って言ってよ
誰か、私に「消えろ」って言ってよ
お願いだから
優しくなんてしないでよ

◈

一月のある日。今日は、受験の、面接の練習をした。（私が受験する通信制の高校は、面接試験だけ）

将来のこと考えたら、苦しくなる。でも、楽しみにもなる。そんなもんだろうな。

今が、きっと一番楽しいとき。

今が、きっと一番辛いとき。

高校も見に行った。学校やあ～。よし！　あと、二ヵ月で受験や！　頑張ろう。

◆　◆

そして面接の前日。カツを食べた。けっこう願掛けとかするの。明日の面接、担任の先生も来てくれるの。私は、幸せ者だ。

三月二十二日。県立高等学校通信制面接試験。

どきどき。着いたのは、先生の方が早かった。先生も少しは緊張してたかなー。

「おはようございます」

精一杯、先生にニッコリしたつもりだったけど、たぶん、すごい引きつってた気がする。

今思い出したら。

もらった試験番号は、「四〇〇七」。よっしゃあ。ラッキーセブンやああ～、と心で気合いを入れた。

先生や母と離れ、受験者だけ体育館を出て、違う教室に入った。いろいろ書いた。そして、いきなり、作文用紙を渡され、「志望の目的を書け」との問題を出された。すると、「聞いてねえよ」とぼそぼそっと何人かの声が…（笑）。確かに。

そして面接。とうとう私の番。別の教室に入ると、面接官の先生が二人。

「失礼します！」。（番長かよ、というか、応援合戦の団長なみのおっきな声を出したのは覚えている）

いろいろと将来の夢や、中学での思い出を聞かれた。

「え〜、かおりさん、中学校はあまり行ってなかったようですが、どうしてですか？」と。

「はい。私は行きたかったのですが、精神的な病気になって、ドクターストップをかけられました」と、私。

「そうですか。しかし、ここでも、学校には月一、二回は通わなければいけませんし、人との交流もあるわけですが、大丈夫ですか？」

うっ。そうきたか。聞かれたことのない質問に一瞬戸惑った。しかし、自然に言葉が出た。

「はい。今は、人と出会うことが楽しく、積極的に人と接することができているので、大丈夫です!」と(かおりなりの)さわやかさで答えた。

「はい。じゃあ、これで終わります」

はあ。やっと終わった〜。

母たちの待つ車へ。おにぎりを食べた。母が作ったいつものしそのおにぎり。とてもとてもおいしかったよ。

◆　◆

三月二十三日の私。

切りたい。誰か、助けてよ。薬をちょうだいよ。

みんなに、「あなたなんて要らないわ」って言われてる気持ち。あは。

お前なんかおらんでも、困らないし。悲しまないし。

かおりなんて、死ねばいい。

もっと切りたい。もっと血を出したい。

なんでこんなになにもできないんだろう。

ほんと、役立たずなんだね。

あーあーあー。

心なんて、迷惑だ。
「一喜一憂」するもの。
手首に傷を付けることで、心に傷を付けて、死なせようとしてる。
助けて。薬、何処にあるの？
ねえ、出してよ。ここから逃げ出したいよ。
私は誰からも、必要とされてない人間です。
あーあーあー。
残念。
誰か必要としてよ。
この、出来損ないで、ろくでなしのあたしを。
もう、私を見ないで。
どっち？
どっち？
わからない。
わからないよ。

三月二十六日。県立高等学校通信制合格発表。
うわ〜、どっきどき。
「あ！　先生！　おはようございます」
数字がきれいに並んでいる、ボードに貼ってある用紙を見に行った。
「四〇〇七」
あ、あ、あ、あったあああ〜！
嬉しい。ありがとう。
しっかり、撮ったもんね。携帯で。先生とも、ぴーす☆
ありがとう。
不安もあるけど、それで、いい。
今が一番辛いとき。
今が一番楽しいとき。

三月二十八日の私の思い。

すごい頭にきとる。

なんで、ふざけて自分を傷つけるの？

なんで、ふざけてカッターを制服のぽっけに入れてるの？

ファッションカットなんて許さない。

私も初めは、興味本位やった。だから、ファッションカットと同じような理由かもしれん。でもね、私はそれから、どんどんどんどんリストカットに依存していったんだ。馬鹿だった、と、今なら思う。

ファッションカットを許さないで、自分のリストカットを許す、とか、そんなんじゃないんだよ。わかってくれよ。

「あたしみたいな人が、一人でも、増えてほしくない」。その思いでいっぱいなんよ。

かっこいいと思う？　リストカット。

どうしてファッションカットの傷をブログに載せるのかな。

今なら、少しわかるかもしれない。

「心配されたい」「見てほしい」「大変なの」「苦しいの」「辛いの」「助けて」とかかな。

ごめんね。違っていたら。

私みたいに、リストカットに依存していかんといてほしいの。人生、狂わせないでほしいの。自分の身体大切にしようよ。みんなで。一緒に。

「生きとるだけで、いいよ」

私みたいな人が、一人でも増えてほしくないいんじゃ。

卒業後

四月一日の私の思い。

M子のことが、すごく心配や。不眠症とか言ってるけど、大丈夫かな。メールも返ってこないよ。すごく心配や。胃痛い。

今日、いっぱい、携帯でリストカットの画像を見た。

みんな、いっぱい傷ついたね。辛いね。辛かったね。なんか、あたしにできること、ないかな。たぶん、あたしが今できるのは、近くの人、M子とかのことを、大切に、愛おしく思うこと。そして、自分を愛すること。

みんな、辛いんだ。

はやく、カウンセラーになって、みんなを助けることが、できたらいいな。

カウンセラーにならなくても、私は、人の話を聞こう、と思う。

そして、みんなを愛したい。大切に、愛おしく思えるようになりたい。

みんな、幸せに生きてほしい。

幸せに。幸せに。生きて。

私は、私は、あんたを大事に大事に思っとるから。
あたしの幸せを奪い取ってでもいいから、あんたに幸せになってほしい。
私は、大丈夫やから、あんたは、あんたのことを思っとっていいんだよ?
私は、ほんまに、あんたが必要やから。
死なないで。消えないで。

◈

◈

四月四日の私。
私をおいていかないで。
一人にしないで。
迷惑かけて、ごめんなさい。
あたしなんて、幸せで、みんなに申し訳ない。
本当に、辛くて、リストカットしている人々に。
なんで、私はこんなに弱いの。

いじめられた？

大切な人に裏切られた？

捨てられた？

違うでしょ？

あんた（あたし）は「幸せ」なんだよ。あんた馬鹿。なにやってんの？

迷惑しかかけられないの？


「OD」（オーバードーズ）は、胃洗浄してくださる方々に迷惑です。だから、しません☆

そう、教えてくれた。ありがとう。教えてくれて。教えてくれなかったら、私はみんなにたっくさん迷惑かけてたね。

私のリストカットは、みなさんに、迷惑をかけないためのリストカットです。

だから、あんまり深く、切らないよ。迷惑かけないためにね。

寂しくなると、電話して、お母さんを呼んじゃうから。

切ると、大丈夫！　苦しくなくなるの。

だからね、毎日切らなきゃいけなくなったの。

ばーか。あんたなんて、甘えてるんだ。最低だ。人間、失格。

ふふ。

◈　◈

四月四日。

私の人生に大きく影響した日。私の人生の、大きな汚点？　後悔？　でも、この日がなければ、今の「かおり」はいない。

せき止めの「ブロン錠」をODした日。そしてリストカットも。


それは、携帯のサイトで見つけた。

「〝ブロン〟：ブロンとはせき止め薬のひとつ。覚醒剤と同じエフェドリンという成分が入っているため、ODすると、かなりの多幸感で、一時的に、うつから抜け出せます。※注意：依存性有」と、書いてあった。

私は、自分に都合のいいところ（多幸感、うつから抜け出せるなど）しか読まなかった。自分が読んで不安になるところは、心に入れない（覚醒剤、一時的、依存性など）。ほんっとに、馬鹿だ。どうしようもない、馬鹿野郎だ。

そして、さっそく近くのドラッグストアへ行った。店員さんに聞くと、ある、とのことだ。六十錠入りで、千円ちょっとだ。思っていたよりすごく安くて、馬鹿な私は「あ・ん・し・ん」した。

「ああ、これで、私を守ってくれる味方が増えた」と思った。

サイトには、二十錠でも十分と書いてあって、私は、忠実に（↑?!・怒り）量を守った。

（守ったもなにも、飲むな！）

「ガボッ」っと飲んだ。そして、一緒に買ってきた剃刀で、リストカット。


母と、病院へ行くことになった。向かう車の中は、私だけの世界のようだった。いわゆる、トリップ…。ラリッていた。

「きゃー！　ヒュウヒュー☆　きゃはは。お母さ〜ん、のってるかあい？　あははは〜」

そして、やたらと、昔のことを思い出した。

「聞いて聞いて〜、おかーさまあ〜、かおり、むかし鉛筆が手に刺さって血だらけなったよね〜、あははは〜」とか、でっかいでっかい声で、歌をうたった。

病院に着いた。まずは、手首の傷の処置。縫わなければいけないらしく、左手首を十五針縫った。そして、谷口先生の診察。ブロンのことを話した。

「それは絶対やめなさい。依存して、最後はほんとに覚醒剤に手を出すことになるよ。

絶対やめてください」と、言われた。ほんとにやばいんだ〜と、かるーく聞いていた。診察室から出ると、あれ？　なにこれなにこれ?!　「きゃーいやだあ。切りたいーうわーんえっえっうぇーん」

ものすごい、はじめてここまで落ちた。不安、緊張、挙動不審。とにかく、ものすごいうつ。廊下まで駆けつけてくれた、谷口先生。

「う〜ん。きっとブロンの影響ですね。辛い？　注射していきましょう」と言われ、注射をした。その日の日記。

ブロン二十錠。十五針縫う。計一四八針〜。
エフェドリン！　すっげー気持ちいい。最高や。

ねえ、今の、かおり。この頃のあたしのこと、どう思うかしら？

◈　◈

四月十九日。
この頃の私は、調子が本当に悪かった。ブロンはガボガボ。針はブスブス。剃刀はパスパス。今日は、「針はブスブス」にスポットを当てたいと思います。

『一人で寝る。針刺し自傷』（その日の日記）

私の針刺し自傷は、小学校四年生からだと思う。初めてのときを私は覚えてる。たしか、休みの日で、姉とくだらない口げんかをした。そしていらついて、針箱から、いろんな色のまち針をとってきて、手の指一本一本に刺していった。まだ、皮膚に刺していたのだろう。血は出ず、痛くもなかったし。それで、泣きながら、「えへへ～見て見てー」と母に見せていた。その頃から馬鹿なことはしていた。

まだ覚えているのは、五年生のとき。担任の先生に、授業中に「おい。お前、前髪長くないか？」と言われ、さわられたから。「は？」って思うやろ？　あたしもさ、なんで刺したのかわかんない。とにかくなんか、自分に自信がなくなっていった。「ブス」って言われた気がした。自意識過剰だ。考えすぎだー。でも、わたしは、筆箱に付けていた缶バッヂの針でさした。

そして、六年生のときに、インターネットで、針を血管に刺したら、痕も残らないし、綺麗に血が流れるというのを知った。でも、その頃は、あんまり血を出す自傷はしなかった。一番ひどいのは、今（四～五月）。カッターも、剃刀も、薬もないとき。そして、ちょうど、裁縫箱を使っているとき。
「う〜。やってみよっかなあ〜」
出た。かおりのお気楽自傷ライフ。この言葉が出たときは要注意ですね。多分。
そして、よくないことにばかり、頭が、知恵が働く私。
「あっ！　血管見えやすくするために、タオル腕に巻こう〜」
それで、かたく、ギュウーっと右の二の腕に巻きつけた。
針を入れる。何回かやったら、うまーく血管に入るようになった。
血が出てきた。うわー。綺麗。（と、思ってしまう自分はほんとに危ないと思う）
左右の手の甲、足の甲、手首、腕…もう、右の腕には、黒く、痕が残っている。
そして、私はまたひとつ、と自傷を覚えた。
悲しいね。かおり。寂しいね。かおり。

◈

◈

血を出すのは気持ちいいんだ
私の中の汚れた血が流れる
少しだけ、心が綺麗になる感じなんだ

きれいな心に戻りたい
きれいな身体に戻りたい
それはきっと無理だ
あの頃の私には戻れない
なんてこんなに楽な逃げ道を知ってしまったんだろう
「自分を傷つけること」

◆

◆

私は、おしゃれが大好きだ。自傷歴と同じくらい、おしゃれ歴も長い気がする。

小さい頃は、祖母が、ピンクハウスの可愛らしい服を。小四〜六年は、「エンジェルブルー」「メゾピアノ」等々。近くにはあまり売ってないので、いつも祖父母と姉と、休みになっては、大きめの街まで行った。今でも覚えているのは、そこのデパートで祖母が十万円以上使ったことだ。そして、中一〜三年は、古着と、エスニックにはまった。私はとても極端なので、ターバンまで巻いて、町を歩いていた。そして中三〜今。ゴスロリときたもんだ。私は今回は本気ではまってしまっている。しかも、お金がかかる。そして、派手だ。私は、（少し、話がそれるが）体重が、八十キロのときに、ロリ服を着ていたのだ。まじ、こえ〜。そりゃあ、道行く人、みんなが見ていくのは当たり前だ。派手なうえに、上にも横にもでかい。迫力、ありすぎですよ、かおりさん。今はなんとかMAX体重より二十キロ近く落としたので、前よりは、人に圧迫感を与えてない…はずだ。なぜ、いきなり、エスニックから、ゴシック・ロリータにはまったのかは、私もわからないが、とにかく、違う自分になりたかった。でも、たしかに、ゴスロリ服を着ると、なんとなく、背筋がシャンとなる。ゴスロリ服を着ることで、現実逃避しているのかなあと思うのだ。

ゴシック・ロリータは、「変身願望」と、聞いたことがある。そうだ、と思った。あと、私は、いつまでも、子供のままでいたい、と思う。大人なんかになりたくないんだ。といつも思っている。それも、ゴスロリが好きな理由に入る気がする。

親はもう、あきらめている。というか、私のことをわかっているのは、やはり親だと思うので、多分、熱（ゴスロリ・ファイアー？）が冷めるのを待つしかないと思っているの…かな？

私はまだまだ冷める気配はないのである。

◈　◈

七六二個。

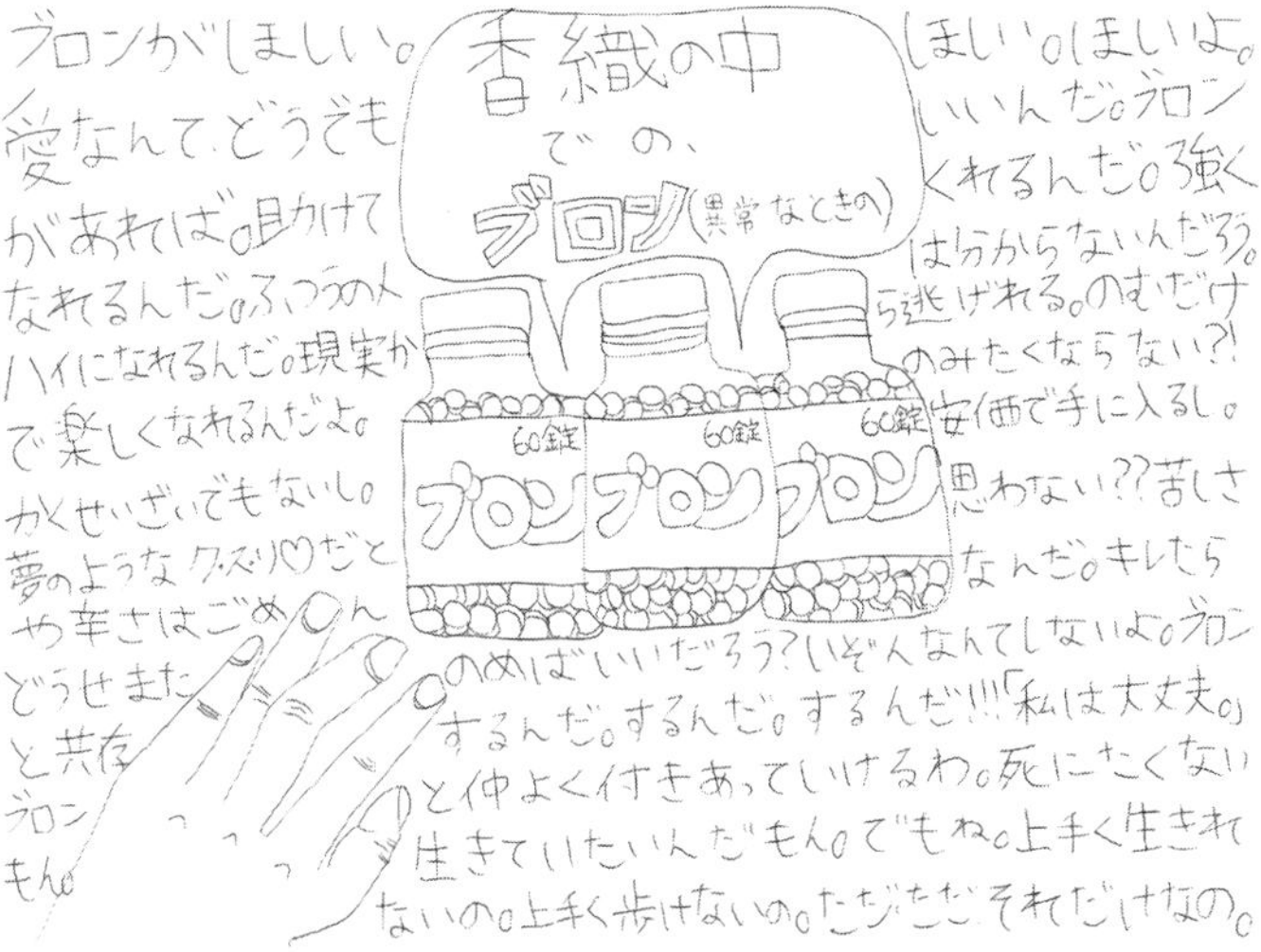
香織の中での、
ブロン（異常なときの）
60錠
ブロン
ブロンがしほしい。
愛なんて、どうでも
があれば。助けて
なれるんだ。ふつうの人
ハイになれるんだ。現実か
で楽しくなれるんだよ。
かくせいざいでもないし。
夢のようなクスリ♡だと
や辛さはごめん
どうせまた
と共存
ブロン
もん。
ほしい。ほしいよ。
いいんだ。ブロン
くれるんだ。強く
は分からないんだろう。
ら逃げれる。のむだけ
のみたくならない?!
安価で手に入るし。
思わない??苦しさ
なんだ。キレたら
のめばいいだろう?いぞんなんてしないよ。ブロン
するんだ。するんだ。するんだ!!!「私は大丈夫。
と仲よく付きあっていけるわ。死にたくない
生きていたいんだもん。でもね。上手く生きれ
ないの。上手く歩けないの。ただただそれだけなの。

この数字は、私が、二〇〇七年四月四日から、二〇〇八年四月十一日までに飲んだ（すべてオーバードーズ）ブロンの数だ。どれだけ、私は、ブロンにお金と時間を費やしただろうか。どれだけ、私はブロンに依存していたか、この数字を見て、思う。

その頃の私は、毎日がつまらなくて、イライラしていて、自傷のことしか考えていなかった。毎日のようにブロンを乱用した。十二日間で、一二〇錠。二十一日間で、二四〇錠、四日間で百八〇錠、というように。

通信の高校に行っているときも休み時間になるたびに、ブロンを放り込んでいた。そうでもしなきゃ、ハイにならなければ、やっていけなかった。そして、一ヵ月ほどは、乱用もおさまっていたのだが、七月十

六日から、またブロンを乱用するのであった。

ブロンは、飲むと、ハイになる。しかし、だんだんとキレてくると、落ち込みが激しくなる。イライラしたり、私の場合、いきなり昔のことを思い出して、泣いたりする。後は、夜、眠れなくなる。興奮して、一時間しか寝ていなくても、元気だったりする。

日がたつにつれて、私のブロン乱用の数は、驚くほど増えていった。八錠、十錠、一八錠、二十錠…。しまいには、一瓶六十錠を一気に飲まなければ、効かないようになってきた。計算すると、私は、十日間で、二百錠以上、四月から一年間で、七六二錠飲んだことになる。そのことを、母に告白した。私はお小遣いを、もらえなくなった。当然の結果だろう。

「もう、絶対飲まない」

そう、心に誓った。まだまだブロンはついてくるなんてこと、思いもしなかった。

◈　◈

もう誰にも頼らない
頼りたくない
もう死にたいよ

死にたくないよ
生きたくないよ
生きたいよ
どっちなの？
答えは出さない
出せない
誰にでも笑っていよう
誰にでもいい子でいよう
やっぱり人間《ひと》は信じられないから
やっぱり私はモノを信じよう
やっぱり苦しいときはモノしかないわ
身体がボロボロになってもいい
心が壊れてしまえばいい
私は自分の殻にこもろう
笑顔の仮面に隠れよう
人間はやっぱり怖いから

八月二十日（誕生日の一日前）。谷口先生の異動先であるG病院に入院（医療保護入院）。そのときの病棟は、おじいさんおばあさんばかりの、「メンタルケア」病棟。部屋は、一人部屋。冷蔵庫、トイレ、バスがついている、一番高い、豪華な部屋だ。

車椅子に乗って、「キチガイ」「キチガイ」と叫んでいる、おばあさん。部屋で、「母さん」「母さん」と言っている、おじいさんなど、いろんな方がいた。

「怖い」と思った。「嫌だ」と思った。でも、こうなったら、腹をくくるしかない。

◈

八月二十一日。十六歳の誕生日。起きたら、メールが届いていた。

「かおりん。誕生日おめでとう」

嬉しかった。谷口先生にも、「おめでとう」と言われた。生きていてよかったなあ、と感じた。母に、後から聞いた話だが、母は、谷口先生に「十五歳の山を越えましたね」と、言われたそうだ。

なんか、なんとなくだけれど、嬉しくて、胸が熱くなった。

入院して何日か後、また私はご飯を食べなくなっていた。食べたくなかったし、心配されたかったから。三食食べないでいたから、どんどん、面白いように体重が減っていった。七十五キロあった体重が、六十六キロまで下がった。でも、退院したら、その反動で、一気にまた十五キロほどリバウンドした。

入院の話に戻るが、私は、毎日のように、自傷をしていた。ボールペンで。毎日が不安で、怖くて。気分の浮き沈みが、はんぱなく激しかった。そして、カウンセリングを受けることになった。優しくて、いつも、ゆっくりと話を聞いてくれる人だ。私は、谷口先生と同じくらい、カウンセラーの先生のことが好きになった。

後は、OT（作業療法）に通うことになった。そこは、病院とつながっていて、すこーしだけ、（病院と、OT棟のつながっている部分を渡るときに）外の風に触れることができる。OTは、とても楽しい。気分転換にもなるし、集中もできる。友達もできた。毛糸で編み物をしている人、パソコンで自叙伝を作っている人、刺繍している人…など。

九月十日。父が面会にきてくれた、その夜、私の気持ちはどん底だった。死にたくて、もう、もう、本気で、消えたくて。

「ああ、そうだ。首を絞めて、死のう」。そう思った。引き出しから、パジャマのズボンを取り出して、ぎゅーっと絞めた。辛い。一分くらいで断念。

「よし、今度こそ」。三分くらい。どうなっているのかと、トイレで鏡を見た瞬間、目の前が真っ暗。気づくと、部屋に、看護師さんが二人。

「かおりちゃん！」

「ふえ〜？」

なんだ、生きてたのか、と思った。

次の日。今度こそ、と思った。

「ぎゅーっ」

苦しい。助けて。今度は、意識のあるときに、トイレのナースコールを引っ張った。そこから後は覚えていない。

「バタンっ」。ドアの開く音。看護師さんだ。

「誰か！　来て！」

「はさみっ！」

「取れたわ」

「血圧！」

「大丈夫。顔色戻ってきたわ」

そして、五、六人いた看護師さんは、部屋から出ていった。看護師の主任さんだけが残った。

「みんなで、かおりちゃんを蘇生したんだよ?」

そして、谷口先生と、看護師さんがやってきた。そして、主任さんは、出ていった。

先生、「かおりさん。注射しましょう」

私、「は?! なんでだよ!」

看護師さん、「かおりさん、ちゃんとしないと、みんなで、力ずくでやることになるわよ」

私、「いやー!」

先生、「危険ですね」

看護師さん、「呼んできましょう」

そしてまた、五、六人の看護師さん。言った通り、力ずくで押さえつけられ、先生が、私のお尻に注射を打った。

「よくもんどいてね」

そしてまた私と、谷口先生と、看護師さんだけになった。

先生、「かおりさん。それでは、部屋を移りましょう」

私、「はあ?! なんのこと?! 意味わからん!」

そしてまた五、六人。右腕、左腕、背中をみんなで押され、「観察室」と書いてある部屋へ。ベッドに乗せられたと思った瞬間、お腹、右腕、左腕を縛られた。「身体拘束」。辛かった。悔しかった。そして、先生から、こんな書類を渡された。

一、あなたは、一般病室・隔離病室において治療するのには、あなた自身または他方の療養に支障がありますので、身体の拘束を行います。

二、病状が軽快すれば、直ちに身体の拘束を解除します。

G病院 精神保健指定医 谷口茂樹

私は、その紙を噛み切って破り、くちゃくちゃにした。怒りでいっぱいだった。悪いのは私なのに。そこで、四日間過ごした。辛くて苦しくて。身体拘束の二日後、生理になった。ナースに、「最悪やね」と言われた。トイレにも、行かせてもらえなかった。だから、オムツをされた。そして、おしっこは、管から。導尿だ。とても痛かった。恥ずかしかった。死にたかった。

首、絞めたら、
眠たくなったよ
こうしたら眠剤いらないね
これからそうしよう

◆◆◆

生きるの辛いです
死ぬのも辛いの？
ねえ、神様。答えてよ。
あっちの世界は此処より幸せ？
ねえ、神様？

◆◆◆

九月十五日。拘束が外れた。

「やったー。自由に動けるってなんて素晴らしいんだろう」

そして、その夜。拘束される前まではいなかった患者さんに気づいた。背がとても高くて、五十歳くらいのなんだか怖そうなおじさん。デイルームの椅子に座っていると、話しかけてきた。

「かわいいね。何歳？　なんて名前？　この間まで、観察室にいた子でしょう？」

「はい。十六歳のかおりです」と、答えた。その後も、何か聞いていたけれど、看護師さんに「そこまでにしておきなさい」と言われていた。

夜中。ふと目が覚めた。すると、私の部屋のソファに、さっきのおじさんがいるではないか。怖い怖い怖い怖い怖い……。

「な、なんですか？」

「ああ、夜、眠れないから、薬もらってきた帰りに、寄ったんだ」と。

え？　嫌だ嫌だ。怖い怖い。そして私は、「じゃあ、かおりも薬もらってくる」と言って、部屋を出て、ナースステーションへ。その日の当直の看護師さんに、「男の人が部屋に入ってきた」と言った。

「なに？　わかった。今すぐ行く」と言って、私の部屋へ。

「バタン」

「お前、なに人の部屋に入ってるんだ！」。引きずり出している。ああ、よかった。でも、怖いよ。

そして、次の日の朝。そのおじさんが、近づいてきた。

「おはよう。昨日はごめんね」と、言って、私の頬にキスをした。き、きもちわるい。怖いよ。そのことを看護師さんに言った。するとその日の午前中、そのおじさんの主治医の先生が来て、話を聞かせて、と言われ、話をした。結果、そのおじさんは、違う病棟の、隔離室へ行くことになった。よかった。

本当に怖い。今でも、感触は残っているし、言っていたことも鮮明に覚えている。怖かった。本当に。本当に…。

◆　◆

九月二十三日の夜のこと。その日の当直の看護師さんは、優しい男の看護師さん二人だった。その頃の私は、なんだか、みんなから見捨てられているような感情でいっぱいだった。その日の夜も、不安でたまらなかった。

「どうしよう。どうしよう。不安だ。怖いよ。見捨てられる。見捨てられる！」と、思って、怖くなった。かまってほしかった。心配されたかった。だから、首を絞めて、かまってもらおう、と思いついた。「死にたい」とは、そんなに強く思っていなかった。

そして、なんでか、わからないけれど、まず、母に電話をした。（後から思えば、電話をしていなかったら、確実に私は死んでいただろう）

「もしもし。お母さん？　かおり、今から、首絞めるから。死ぬから。ごめん。じゃあね」

「は？！　何言ってんの？　落ち着いて！」

「ううん。決めたから。じゃあ」と言って、電話を切った。

そして、いつか首を絞めよう、と思って、パジャマのズボンを隠しておいた引き出しを開けた。

「ぎゅ、ぎゅー」

あ、やばい、と思った。そして、だんだん意識が遠のいていった。最後に見たのは、いきなり、鼻血が出てきたことだ。三、四滴、床に落ちた後、私は倒れた。その後は覚えていない。

「…おり…かおり…かおりさーん！」

あれ〜？　当直の看護師さんと、その日の当直の先生。私はあたりを見渡した。

「げっ！」

血の海だった。直径一メートルくらい、血の海が広がっていた。すべて、鼻血。当直の先生が、あまりに血が広がっているので、私がリストカットもしたのだと思ったらしく、「切ったところを見せてください！」と、言った。すると、看護師さんが、「いえ、これは鼻血なんです」と言っていた。本当に迷惑ばっかりかける患者だ。後から聞いたが、母が私の電話の様子を心配して病院に連絡してくれていた。そのおかげで、早く発見してもらえたのだ。

そして、今度はすんなりと、自分から、「観察室」へ入った。身体拘束も、素直に従った。はっきり言って、かまってもらえて嬉しかった。悲しい幸せだ。寂しい幸せだ。

◈　◈

今まで育ててくれた、お母さん、お父さん、おばあちゃん、おじいちゃん、おもしろいこといって、一緒に笑った、お姉ちゃん、どうもありがとう。

それから、友達。励ましてくれたり、心配してくれた。ありがとう。

それから、たくさんの人たち。お世話になりました。

でも、もう、迷惑かけないから。

かおりは、違う世界に行ってくるから。

この世の中と、バイバイするから。

じゃあね。

◇　◇

次の日。谷口先生が来てくれた。今度の拘束は、十日間ではずれた。しかし、「観察室」からは、まだ出られず、三週間ほど、そこで過ごした。

先生が言ってくれて、すごく嬉しくて、心に残っている言葉。

かおり、「先生ー。なんとかしてよ。この病気」

先生、「何とかするよ。何とかしたいと、思ってる。それは、いつも思っているよ」

すごく救われた。

私は、この初めてのメンタルケア病棟に入院して、学ぶことがたくさんあった。

初めての拘束。鼻血。OT。先生との会話。屈辱。恐怖。恥。汚らしさ。悔しさ。苦しみ。すべて、「人間」の感情。「生きている」ってこと。

今、私は、「生きていく」ということに、心の矢印を向けたい。

そして。今回、改めて感じたこと。

私の手首の傷は、私だけのものではない。家族、先生、ドクター、私に関わってきたすべての方々の心の傷だ、ということ。
それがわかっただけでも、成長した、と思う。

◆

◆

苦しいよ
誰かわたくしに
「愛」という毛布を
かけてくださいませんか
でも、どんなに厚着をしても、
誰か様がわたくしに
冷たい冷たい泪を落とすのよ
凍ってしまうわ
毛布なんて
マフラーなんて
コートなんて
要らないわ

だからだから
抱いてください
誰か。
強く抱いてよ
こわいよ
かなしいよ

◈

◈

死んだ。

亡くなった。

いなくなった。

私の大事な大事な、友達のお母さんが死んだ。

友達の名は、さち子ちゃん。

そのことを知ったのは、二〇〇七年十一月十一日のことだ。私は母と二人でカラオケに行って、ちょうど自宅へ帰っている、車の中だった。

「あ〜楽しかったあ」と二人。

「あら？　ゆう子からメール来とるわ。なんやろ～？　恋ばな（恋の話）かしらん？」と、かおり。家に着き、テンション高く、意気揚々と受信箱を開いた。

「かおりん。さち子ちゃんのお母さんが、亡くなりました。お通夜、一人でも多く参ってほしいので、お知らせしました」

「…え？」

そして、急いで母に言いに行った。

「ね、ねえ。や…やばいよ、え…うそ」

「どうした？！　かおり」

「さち子ちゃんのお母さん死んだって」

「うそ。うそ。うそやろ？」

ゆう子に電話した。私は、足がくがく。手もがくがく。

「も、もしもし。ゆ、ゆう子？　うそやろ？　ねえ」

「ううん。ほんま。なんかね、血液の病気だったたんだって」

私はその言葉くらいしか、覚えてない。

電話を切ると、私は冷蔵庫の前に走っていった。

「がさがさがさ」「ばりばりばり」「うえっうえ」「ごくごくごくごく」「おえっおえっ」

カレー、シチュー、パン、ご飯、おにぎり、お菓子、アイス、ヨーグルト、唐揚げ、フライドポテト、サラダ…。とにかく、とにかく、押し込んだ。なんで、そんなことしたんだろう。嘘だと信じたかった。過食しなきゃ、壊れてしまいそうだった。苦しくて、苦しくて、この、「苦しさ」は、「さち子ちゃんのお母さんが死んだこと」ではなくて、「食べ物を押し込んで食べていること」の「苦しさ」だと、信じ込ませたかった。

そして、嘔吐。

「うえ。ううっ。うわーうええっ」。泣きながら、吐いた。

「コノ『苦しみ』ハ、ハイテイルカラ」だと、言い聞かせた。

もっと、辛いのは、さち子ちゃんだろう。でも、私はパニックで、そこまで考えることは、そのとき、難しいことだった。

そして、一通り終わると、今度は二階の私の部屋へ。剃刀。

シャッシャ。シャッ。

血が滴る。この剃刀は、ありがたいことに、切れ味が悪かった。でも、落ち着いた。血を見ると。

「おとうさーん…どうしよう」

「あららー。病院行ってこよ?」

「うん…ごめん、ごめん。こんなはずじゃなかったの」

（さち子ちゃん、さち子ちゃんのお母さん、ごめん、ごめんね…）

そして、急いでG病院の救急へ。傷を、その日の当直の先生に見せた。

「こ、これはひどい！」

しかし、幸い、縫わなくてても大丈夫で、テープで開いていた傷を止めてもらった。


さち子ちゃんとは、小さな頃から、家が近かったこともあって、いつも休みになると、一緒に遊んでいた。さち子ちゃんのお母さんも仲よくしてくれて、よく、うちの母としゃべっていた。とにかく、明るくて、いつも、笑顔で、かわいらしいお母さんだった。

私は、お通夜へ行かなかった。行けなかった。お通夜の二日後にさち子ちゃん家へお参りに行った。

家の壁には、「喪中」の張り紙。それを見て、私は「ああ、本当なんだ。うそ、じゃ、ないんだ」と、そのとき、ずっしりと感じた。

玄関で、靴が抜けないほど足が震えていた私を、母が、支えてくれた。

さち子ちゃんのお母さんの写真がある部屋へ入らせてもらった。

「さち子ちゃんのお母さんやあ」

なんて、いい顔をして笑っているんだろう。そして、さち子ちゃんのお父さんが、涙ながらに話を聞かせてくれた。

さち子ちゃんのお母さんは、三年前に、血液の病気が発覚した。そして、入院をした。さち子ちゃんは、お母さんのために、自分の脊髄を移植した。(手術だ。それは、ものすごく、痛くて、辛い手術だ)。お母さんの髪は抜け落ち、下血をするため、おしっこは管から、おむつもされていた。モルヒネも注入され、脳炎にもなった。

泣きながら、話をするさち子ちゃんのお父さん。辛い手術をした、さち子ちゃん。まだ小学六年生の弟さん。壮絶な闘病生活を送っていたさち子ちゃんのお母さん。

話を聞いて、私は、泣いて、泣いて、泣いた。止まらない、涙。止まらない、感情。

私は、馬鹿だ。ただ、ただ、みんなに申し訳ない気持ちでいっぱいだった。

私は、なに不自由のない生活をしている。それなのに、私は、自傷行為をした。自殺も考えた。父や母を蹴った。殴った。

「辛いのは私だけ」だと思った。思っていた。

「私はなんて愚かなのだろう」と思った。

それは、私も、導尿して、おむつをされていたことがあるからだ。しかし、私の場合、「自分から」。そう、「自分に」、させたのだ。二〇〇七年九月二十三日。私は、そのとき入院していたG病院のメンタルケア病棟、一〇一号室で、自殺未遂（絞首）をした。次の文章は、私が首を絞める直前に書いたものだ。

やばい。自傷したいー。首絞めたいーめっちゃ手切りたいー。書いてもその思いは出ていってくれない。人は怖いよ。でも、話を聞いてほしい。話がしたい。誰か、助けて。首を絞めたときのあの、落ちる瞬間。手首を切ったときのあの、赤い赤い血が滴り落ちる瞬間。気持ちいいもの。あー。きゃー。助けてー。死にたい死にたい死にたいよー。死にたい。ほんまどうしよう。首絞めていい？　ねえ。手、切っていい？　ねえ。なんでなん？　誰か。救って。

今思うと、私は誰かにかまってほしかったんだと思う。私を見て、って。それを、先生や、看護師さんに言えばよかったのに、と思うな。でも、私は、自傷行為でしか、表せなかった。そして、私は見捨てられている、って感じてた。だから、極端な私は、それなら、「死のう」って思った。

さち子ちゃんのお母さん。ごめんなさい。あなたは、「生きたくても、生きることができなかった」。私は、五体満足で、「生きることができるのに、自ら、命を落とそうとした」、馬鹿野郎です。

こんな言葉を聞いたことがある。

「あなたが生きる『今日』は、誰かが『生きたい』、と願った『明日』」と。まさに、その通りだ、と感じた。

さち子ちゃんの家で、話を聞いたとき、自分の情けなさに気づいた。

私は、自殺未遂で、導尿をされた。おむつをされた。おまけに、拘束。

あなたは、病気だった。

さち子ちゃんのお母さんは、ほとんど、他人に自分が病気だということを言わなかった。ただ、近所のおばさんに、「私、もうちょっとでいなくなるから、子どもたちに、たまにはおいしい料理作ってもらえる?」とだけ、言い残して、亡くなった。

なんて、強いんだろう、と思った。けれど、きっと、不安だっただろう。悔しかっただろう。生きたかった、生きたかった、生きたかっただろう。

さち子ちゃんのお母さん。

私は、生きます。生きていきます。

あなたに会えて、私は幸せです。
生きて、生きて、生きてゆく。

◆

お母さんて大変だったんだな
「かわいそう」っていう言葉、私は好きじゃない
だけど、その言葉、かけちゃうよ
お母さんて辛かったんだな
お母さんて本当はすごく明るくて
すごくよく笑う人だったんだな
そのお母さんを、お父さんは好きだったんだろうな
私が此処に生まれおちることができたのは
きっと、貴方の笑顔を取り戻すためなのかもしれないな、って思うんだ
笑って。笑って？　お母さん
私、お母さんのもとに生まれることができて嬉しいよ
愛しいよ。ありがとう

◆

私は、私を大切にするよ
私は、貴方を愛すよ
貴方の笑顔が戻るまで
いや。戻っても
ずっと、ずっと、大切にするから
大丈夫だよ
安心してね

◈

◈

二〇〇七年十一月三十日。

Ｃｏｃｃｏのライブ。私にとって、初めてのライブ。姉の友達が、ライブに行けなくなったので、二枚キャンセルが出たから、という理由で、そのチケットを買い取らせてもらった。姉はライブの日、仕事だったので、母と私で行くことになった。

私はＣｏｃｃｏが大好きだ。特に、「今」のＣｏｃｃｏはとても大好き。昔のＣｏｃｃｏは、なんだか、暗くて、聴いていて同感すると共に、辛くなるような曲が多かった。

そんな曲に、初めて出会った。そんな人がいたことを、初めて知った。

泪を流して聴いた「Ｒａｉｎｉｎｇ」、拘束されていたときに心で流れていた「遺書」。どんなときも私の側にいてくれたＣｏｃｃｏ…。ありがとう、ありがとうね。

私も、「私さえいなければ」と何度も何度も想った。何度も何度も「死ねばいい」と想った。私だけじゃなかった。独りじゃなかった。

どんなに怖くて独りの闇のなかにいても、Ｃｏｃｃｏは光を届けてくれた。だから、私は生きてこられた。

曲を聴きながら、悩み苦しんでいたんだろうな、と思った。自傷行為もしていたらしい。

ライブ当日。雨が降っていた。席は、前から七列目。ちょうど真ん中。私の前をたどると、Ｃｏｃｃｏがいる。

「ピー」

会場が暗くなる。Ｃｏｃｃｏだ。

「ワアアーッ！」「コッコーッ」「あっちゃーん」

私は、Ｃｏｃｃｏが出てきた瞬間、胸がギュッと締めつけられた。泪があふれそうになった。なぜだかは、わからない。

ドラムの音。ギターの音。Ｃｏｃｃｏの声量。観客の声。すべてが身体中に響く。

Ｃｏｃｃｏは、とても美しかった。細い身体から出る、繊細で、でも力強い心地いい声。一番覚えているのは、「Ｒａｉｎｉｎｇ」。

昔の重い歌詞なのに、辛く聴こえなかった。それどころか、私は勇気さえもらった。乗り越えたんだな、と思った。

乗り越えた人は、強い。そう感じた。自分がとても苦しく、辛い経験をし、そこから必死でもがいて、あがいて、乗り越えた人は、いや、乗り越えようとしている人は、本当の強さと優しさを知っている、持っている、と思う。私もそんなふうになりたい。

心が震えた。一生忘れたくない。きっと、忘れない。

ツアーが終わった。ＤＶＤを買った。最後の武道館でのライブ。

Ｃｏｃｃｏが言っていた。

「ゆっくりゆっくりね。自分に優しくね。続けること。生きていたら、答えは見つかるから。答えが見たかったら、生きること。またや！」と言って、終わっていた。

私は、泪が出た。切なくもなった。それも、これは自信をもって言える。私が流した泪は心の底からの泪だ、と。

心にズシッときた。ぬくもりを感じることができた。
うまくなんて生きなくていい。
失敗していい。
泣いていい。
苦しんでいい。
助けを求めていい。
私は生きていていい。
あなたに生きていてほしい。
ただ、そこに。
生きていてくれたらそれでいい。
「私は私」だと。
「あなたが好き」だと。
乗り越えるための努力。
「努力」は必ず返ってくるんだ、と。
教えてくれたＣｏｃｃｏ。
ありがとう。

ありがとう。

これから生きていくこと。

続けること。

自分を好きになること。

あなたと手を取って、前に歩き出すこと。


私は、このライブで、人間のあたたかさと、乗り越えるための強さをもらった。

本当に、本当に、泪が出た。

◈　◈

はっきり言って、このときのことは、思い出したくない。辛かったことを思い出すから。

今でも、しっかり覚えている。あの隔離室のにおい。あの隔離室から見える、鉄格子。

二〇〇七年の十二月二十九日。主治医の谷口先生の診察。

「どうですか?」「調子、いいんだね?」

今日は、なんだか妙に、そんなことを聞くなあ、と、思っていた。診察の最後。

先生、「私のことなのですが、これから、一ヵ月間ほど、入院するんです」

は？　訳がわからなかった。うそだ。うそだ。一ヵ月間も会えないなんて嫌だよ。

先生、「私が入院している間は、F先生に診ていただくことにしました」

私は、泣いた。先生のことが心配なのと、これからどうやって生きていこうか、と。先生はかおりの本当に大事な人なんだよ。

帰りの車で、私は、いろんなことを考えた。包丁で首を切ろうか。包丁でお腹を刺そうか。

自分の部屋へ行った。

「そうだ！　シンナーがある！」

私は部屋にあった、マニキュアの、除光液を吸おう、と思いついたのだ。吸った。

「なんだ、全然変わんないじゃん。つまんねー」

約三十分後。今までのイライラがとれて、ハイになってきた。周りのモノも、今までと違ったように見えた。そして、除光液は、母に隠された。当たり前のことである。

ある日は、父が使っている「ケープ」をナイロン袋に詰めた。気体なので、どんどん袋がふくらんでいく。吸った。それも母に没収。

年末年始は、何とか無理矢理楽しく、先生のことを考えないように過ごした。

そして、一月七日。夜に、救急へ行った。

その日は、O先生。そのときに言われた言葉がまだ心に残っている。

「かおりさん。死にたいんですか？　ならば、死ねる注射を打ちますか？　安楽死を選びますか。原因は、不整脈で」

私は、それを聞いたとき、なんて医者だ！と思った。むかついた。でも、「死にますか」と、言われたとき、一瞬、頭に家族の顔が浮かんだ。お母さん、お父さん、お姉ちゃん、おじいちゃん、おばあちゃん、ペットのゆず。まだ、死ねない。そう、思った。だから、「死にたくない」と言った。そして、その日は、「絶対朝まで起きない注射」を打たれて、担架で、車まで運ばれていったらしい。しかし、運ばれている途中で、「絶対朝まで起きない注射」を打たれた私は、起きた。母が後から言っていたのだが、みんなびっくりしていたらしい。O先生が話した不整脈の注射のことも、私の「死にたい」思いがどれほどのものかを知るために、わざと言ったのだそうだ。

そして、一月八日。その日は、母が仕事を休んで、病院へ付き添ってくれた。その日も、O先生の診察を受けた。私は、そこのへんの記憶が曖昧なのだが、先生の前で、持っていたマフラーで、首を絞めようとしていたらしい。そして、危険だ、ということで、急きょ入院が決まった。私はいろんな注射や、点滴をされていた。もう、ふらふらだ。

病棟が、空いていなくて、私は、隔離病棟のC室に入れられることになった。

ふらふらになってC室へ向かうとき、母がいた。私はそのとき、思い切り、母を睨んだ。

「お前のせいだ」とでも言うように。

C室に着いた。え？　なにここ。はっきり言う。最悪だった。小さな部屋で、絶対壊せない堅い堅いドア。そして、極めつけはこれ。ぼっとん便所のような、汚い和式トイレ。そして、トイレットペーパー。これだけ。あと、鉄格子。部屋に入ったとたんに、女性の看護師二人に、服を脱がされ、ブラを脱がされた。ブラで、首を絞めないように、らしい。「絞めるかよ」と、私は自分が情けないのと、これからどうなるのと、不安と怒りと不甲斐なさでいっぱいだった。

私は、C室に入って、一週間ほど、記憶が曖昧だ。O先生にも、「かおりさんて、記憶とぶことない？」と言われたし、カウンセラーの先生にも、「かおりちゃんて、記憶とぶ子なんやなあ、って思っていたよ」と、言われた。そして、薬も、谷口先生が処方していたものから、ガラッと変わって、強い薬になった。その一つが、「ベゲタミンA」。この薬は谷口先生によると、「禁断の薬」らしい。それでODしたら、危険らしい。それを、私は、毎日二錠、そして、頓服で、また二錠、というように飲んでいた。だから、多いときには、一日四錠飲んでいたことになる。毎日、慣れるまで、ふらふらだった。

後から母に聞いたのだが、O先生は、私の辛さをとるために強い薬にしたそうだ。「この薬は感情の変化を抑えます。ただ辛いのもおさまるけれど、楽しい、とか、嬉しい、という感情も感じないようになります」。そして私に、「それでもいいですか?」と聞いて、私も、「それでもいい」と、言ったらしいけれど、全く覚えていない。

私は、毎日毎日、辛かった。死にたい、死にたい。隔離室でも、着ていた服を脱いで、首を絞めた。しかし、監視カメラでばれて、怒られた。そして今度は、堅い壁に、頭をがんがんがんがんぶつけた。そして次は、右手を、腫れあがるくらいに壁にぶつけた。毎日が、死にたい欲求で、いっぱいだった。

切ない　苦しい　悲しい　辛い
マイナスの感情ばかりがあふれ出す。
今、一番したいこと。
わかんない。
一生此処にいるのかな。
「嬉しい」って、どんなのか忘れた。

「楽しい」って、どんなのかわかんなくなった。

「喜び」ってなに。

ＯＤするのも、手切るのも面倒やし。

これって、今の状態が、「いい調子」ってこと？

あー手痛い。あたしの心ン中みたい。

あたしって贅沢。

生きたくても、生きれん人もおるんに。

最低なやつや。


デイルームで書いたもの。ほんとに死にたかった。日記帳も、「つらい」「苦しい」など、一言で終わっていた。そして、「死にたい」「死にたい」が、何日か、続いたあと、今度は「死のう」に変わっていた。カウンセリングのときも、「鬱々してるね」と、言われた。

そして、一月二十五日。自分が、なにを思っているのか、なにを感じているのかが、わからなくなってきた。

苦しみ？　喜び？　わからなかった。そして、私は、この場所にはいない、そう感じた。自分は、いないんだ、と。無理矢理にでも、そう感じようと思っていた。

「自分」のことしか考えていないのは
「自己中」？
「自分」のことしか愛してないのは
「自己愛」？
「自分」のことを痛めつけるのは
「自傷」？
「自分」で「自分」を殺すのは
「自殺」？
私は、なんだろう
私は、なんなんだろう

◆　◆

しかし、その日のカウンセリング。ここへ来て初めて、私は笑った。そのときに思ったこと。

「あ、私、まだ、笑える。笑うときに使う筋肉を思い出した。笑うのは、気持ちのいいことだった。私、まだ、笑えるんだ！」

嬉しかった。その日からだ。何かが変わってきたのは。その頃から、前向きに物事を考えることができるようになってきた。

一月三十日。O先生が、お昼ご飯のときに来てくれた。「明日か、明後日くらいに、谷口先生が、戻られます」

やったあー！　その一言だった。嬉しい嬉しい！　O先生にも、感謝の気持ちが、そのときに出てきた（←遅い）。そして、看護師さんに、「ねえねえ、もうすぐ、谷口先生が来るって！」と、言った。いつもなら絶対、自分から話しかけることなんて、怖くてできないのに。

すると、「かおりさんが、笑うところ、初めて見たわ！」と、言われた。相当毎日、死にそうな顔でいたんだろうな、と思った。

そして、二月二日午後二時。私は、「まだかなー、まだかなー」と、小さい子供みたいに、立ったり座ったり、十秒ごとに時計を見たりしていた。そして！　ナースステーションを見ると、手を振っている男の人がいる。「あっ！　先生！」

びっくりした。泣きそうになった。本当の先生やあー。そして、話をした。

「先生、なんでかっこよくなってんの―?」

「えっ? そう?」

ちょっと嬉しそうだった。そして、O先生と、谷口先生と、母と、私で、話をした。とても楽しかった。

「では、これで、O先生と、バトンタッチということで」

O先生、ありがとう。今でも後悔しているのだが、手紙とか、渡せばよかったなあ、と、思っている。すごくたくさんお世話になったから。私のわがままを聞いてもらっていた。診察のときも、私が気に入らなくて、二回も来てもらったこともある。とても、わがままな患者だったと思う。

そして、私は、メンタルケア病棟が空けば、そこへ行くことになった。空きが来るまではC室、ということになった。


二月十日。初めて、C室での外出の日。家にはまだ行ってはいけない、とのことで、父、母、かおり、そしてペットのゆずと、ドライブした。午前十一時から、午後二時まで。ものすごく、時間がたつのが早かった。だから、「帰りたくないよ」と、駄々をこねそうな自分がいた。けれど、「大丈夫、今を我慢すること。そしたらきっと前へ進めるから」と、言い聞かせている自分もいた。

私はだんだん変わっていった。自分でもわかった。

「私が切っていたのは、手首だけじゃない。私自身、そして、家族、先生、みんなの心も切っていただろう。ごめんね。ごめんね。みんな。治さなくっちゃ。私が生きていくなかで。生きていく力を貸してくれた人たちに、恩返ししなきゃ。『自分を大切にする』ってことで」

「『頑張っている自分』を愛することは、もちろんいいけど、『頑張っていない自分』を愛せるようになることも、すごく大事なことだと思う」

「明日が見えてしまうことは、怖い。見えてしまうのは、悲しい。一日一日が、新しく、一日一日が、『昨日』になっていく。それって不思議ね。おかしなことね。でも、前に進むって、きっと、そういうこと」など、今まで全く考えなかったようなことを、考えるようになっていた。それも、私は、今なら思える。「C室」に入ったおかげだ、と。

そして、二月十八日。やっと、メンタルケア病棟へ行けることになった。でも、二回目だからといって、そう簡単には慣れなかった。いつも、昼食を食べたら、不安が心にいっぱいたまって、いつも、頓服をもらいに行っていた。

母が面会に来てくれたときは、よく、将来の夢について、二人で語っていた。

「ちゃんと、高校も行って、大学も行って、心理の勉強とかしてさ、資格も取りたいよね」

「そうやね、そしたら、お母さんも頑張って、資格取って、家でクリニックとか、開きたくない？」

「うんうん！　開きたい。頑張んなきゃね！」とか言うことをいっぱいしゃべった。

母が帰ったあと、私は病室で将来を想像しながら、いい気分で眠っていた。本当に、夢みたいな話だけど、かなえたいな、真剣にそう、思っていた。

徐々に退院に向け、準備が進んでいった。外泊もした。二泊もした。後は、退院の日を待つだけだ。


三月二十日。とうとう、退院の日。待ちに待った、退院の日。私は、朝から、そわそわそわそわ。「まだかなー、まだかな」。先生に一ヵ月後に会ったときと似たような感じ。

「ピンポーン」

「鳴った！　お母さんだ！　あ、お父さんもいる！　やったあ！」

そして、準備が整い、病院を出る。一歩外に出ると、もう外は、春のにおい。青空が広がって、私の未来も広がるような、そんな日。

辛かった。長かった。苦しかった。泣きたかった。死にたかった。でも、生きていたかった。

苦しみ抜いた、その先には、必ず、明日が待っている。生きていれば、苦しみを二等分できるじゃん。生きていれば、辛さを、二等分できるじゃん。生きていれば。生きてさえいれば。

私は思う。うまくなんて言えないんだけどさ、生きてるだけでいいんだって。ほんとに。そんだけで、いいんだって。ほんとに。生きてくって、本当、嫌だ、って思う。なんでこんな辛いことしなきゃいけないの、って。でも、必ず、待ってる。あなたを待ってる人がいるよ。あなたがいなくちゃできないことが、絶対あるよ。きれいごとだ、って思うかもしれない。そう思っても、いい。でも、私は、伝えたかったから。そう、それだけ。これだけは、忘れないで。

あなたがいてくれたから、私は生きていける。

あなたが生きていてくれたから、私は少しずつ進んでゆける。

私は、忘れることがないでしょう。この、隔離病棟C室での入院を。

ありがとう。

私が今、望むのは
愛されたい
愛したい
必要とされたい
必要としたい
心の底から信じてほしい
心の底から信じたい
認められたい
認めたい
本当の泪をみたい
本当の泪を流したい
「ぎゅー」って抱きしめられたい
「ぎゅー」って抱きしめたい
「生きていていいんだ」って言われたい

「生きていていいんだ」って伝えたい

◈

◈

しかし、そう簡単にハッピーエンドにはならないのである…。

私は、薬物依存症だった。

それは、二〇〇八年四月八日。私はその日、あり得ないことをしてしまった。母の部屋から、お金を盗んだのだ。なぜか。「ブロン」を買うためだ。その日は別に、何か嫌なことがあった、とか、そんなことはいっさいなかった。

母の引き出しから、小銭を探して盗った。頭の中で声がした。

「千円ちょっとでいいんだ。千円ちょっとで買えるんだぞ！　ハイになれるんだぞ！」。

そして、千百円くらいを、ポッケに入れた。

祖母に、「今からちょっと、公園で散歩してくる」と、うそをついた。全く疑わない、祖母。そりゃそうだ。みんなは、もう、かおりがこんなことをするなんて、思ってもいないだろう。それほど、私を信じていてくれたのだから。

近くのドラッグストアで、ブロンを買った。それを買ったときの心境。「ああ、やっと買えた。これで、今日はなんとか過ごせる」。本当にそう、思ったのだ。そして、六十錠入りのをひとつ買って、お茶を買って、レンタルビデオ屋のトイレで、六十錠全部を飲み干した。とても苦しくて、残りの十錠くらいを飲むとき、今にも吐きそうになった。でも、「これを飲んだら、ハイになれる」という気持ちの方が大きくて、私の正常な心は全く勝てなかった。

家に戻って、一時間ほど寝た。そして、一時間後、目が覚めた。なんだか変だ。やけに、目のところが、ぎんぎんする。なんか、楽しい。じっとしていられない。そのときに書いていた言葉が、携帯のメール未送信ボックスに入っていた。これだ。

午後十二時五十六分。めっちゃ気持ちいいわ~。やばーい。はは。でも目がやばい！ばれる！　気持ちいい~すげーよ。ハイ！　楽しい！　これなら独りでも怖くねーや。だあって。寂しいんだもん。独りはいやだよ。だから、だから。みんなみんなごめんなさい。きゃ~！　はは。ふへ。やばいですか？

「はい、やばいです」と、即答したい。今の私なら。

その日は、久しぶりにブロンでODしたので、多分すごく効いたのだろう。なんと、四時間も、祖父と二人で話をしたのだ。ありえないことだ。とても楽しかった。これもすべて、ブロンの影響だ、とはわかっていた。しかし、私は、この悪魔の快楽に、まんまとはまってしまった。また、ブロンに頼って生きるようになってしまった。

ブロンを飲むと、ハイになる。そして、クスリがきれてきたら、ものすごく落ちる、または、ものすごくイライラする。食欲もなくなる。昼も夜も食べないことが何度もあった。お腹が、全くすかないのだ。夜も眠れない。眠くならない。私の場合、昔の話ばかりを母や姉にしていた。どんどんどんどん、過去が自分を襲ってくるような感覚。嫌なことしか思い出せなかった。後から、これは、「フラッシュバック」だったと聞いた。

八日に六十錠、九日に二十錠、十日に四十錠、十一日に六十錠。私は四日間で一八〇錠のブロンをODした。すべて、母の引き出しから、盗んだ小銭で。

母や父は、私の行動（挙動不審、目の開き方、など）を怪しい、と思っていた。母は、初めの日に、「変だ」と気づいて、私に、「あんた、何か変なモン飲んでないやろうね？まさか、ブロンとか」。母親の勘は鋭い、と思った。でも、私は、「何言ってんの。そんなん飲むはずないよ」と嘘をついた。

四月十二日。カウンセリング。

ブロンを飲んでいることを、告白した。そして、カウンセラーの先生から、母に伝えられた。

十三日。救急へ行った。当直の先生にブロンのことを言うと、「お金を盗んでまで、クスリを買う、というのは、依存症の診断の一項目にあります」と言われた。私はまだそのときは自覚をしていなかった。

次の日。主治医の谷口先生の診察。先生は、その日、会議の途中に抜け出して、診察してくれた。

「かおりさん、入院しましょう」

「いやー！」。逃げようとしたところ、先生に捕まって、看護師さんたち、五、六人に囲まれた。もう逃げられないぞ、というように。

先生は、母に、「わたしは入院を、すすめます！」と、はっきりと言っていた。ベッドに座り右、左、両方に男の看護師さん。手を押さえられていた。注射をするとき、「はーい、かおりちゃん、こっち向くか」と言われて、私は「よし、逃げよう」と思い、素直に「はい」と言って入り口の方に向いた瞬間、走りだそうとした。すると、男の看護師さんに、捕まった。私の逃げようとしていた作戦に気づいて、「そういうことか！」と言っていた。

「じゃ、注射しますよ」と、手首の血管に打つつもりだったのだけれど、「先生、注射液が入っていきません！」

「ああ、手首をたくさん切って血管が分断されてるからねえ。入っていかないのか」と、先生。

今回も、「医療保護入院」だ。

その日は、クライシス病棟に泊まることになった。トイレは、ポータブルトイレでしてくれ、と言われて、なんだか自分が情けなくて、仕方なかった。そして、その日は、危ないので（死んでしまうかもしれない）、「身体拘束」をしてください、と言われて、縛られた。母に、「死んでやる、死んでやる」と言っていた。

次の日。クライシス病棟から、メンタルケア病棟の観察室に行けることになった。そこでも、まだ拘束。

先生は言った。「こんなにブロンをODしてる人はいないよ。かおりさんが、県で一番だよ。他の精神科の人から聞いたことないもん。覚醒剤精神病になっちゃうんだよ」と。

この入院も、とても辛かった。いつも、必ずといっていいほど、不安に駆り立てられて、涙が出た。怖くて独りが苦しくて。「もう、いっそのこと、廃人になった方が、楽なんじゃないか」とまで思った。でも、先生は、こう言ってくれた。「廃人になって、一番辛いのは、『自分』なんだよ」

私は、廃人って、もう、何にもわからなくなって、ただ存在しているだけの人間だ、と思っていた。しかし、きっと違う。「廃人」、それは「何も感じない」のではなくて、感じていても、それを伝えることがわからなくなって、どうしようもできない、一番辛い「人間」のことなのではないか、と思う。

辛かった。ブロンの後遺症。幻覚（ヘビ、蛾、悪魔――見えたのは、怖くて気味の悪いものばかり）、不安、イライラ…。なんにもないのにいきなり不安が襲いかかって、大泣きしていた。本当に、本当に辛かった。本当に、本当に、怖かった。先生にも、「ただでさえ感情の変化が激しいのに、そのうえブロンだもんね」と言われた。なんて馬鹿なことをしているんだ、と、思う。

先生の診察。「はい」と、書類を渡された。「入院診療計画書」

「主病名」

・境界性パーソナリティ障害

・薬物依存症

・抑うつ状態

そのときに、私は初めて自分が、薬物依存症だということを自覚した。

「えー?!　かおり、薬物依存症?!　うそやろ?!」

「いいえ!　なってます。薬物依存症です!」

そして、こうも言われた。「風邪薬をODする人はいます。ちょっと現実逃避したいなー、とか思う人は。でも、こんなにブロンを飲む人はいません。まず、かおりさんのODの目的が、普通の人と違います!　普通の人は、ハイになりたくて、飲もうとはしません!」

私はそこから、少しずつ変わっていった。自分が薬物依存症だ、と診断されて、まずはじめは、受け入れられなかった。「そんなはずないじゃん!」と。しかし、だんだんと、このままでは入院した意味がないんだ、と思うようになった。

「認めていかなくちゃ、この病気は、治せない」

やっと、この薬物の怖さと重大さを感じた。

人間をやめたくない。

正しい「心」で生きたい。

そう、思うようになった。

退院の頃には、もう、落ち込みや不安は、全然、とは言えないが、それでも、最初とは比べものにならないくらい頻度と程度も落ち着いてきた。

私は今、なんとかブロンと戦っている。すごく辛い。苦しい。この「頭」は、一度癖になったブロンや、リストカットの気持ちよさを覚えている。これから先、何十年も、ブロンを乱用していなくても、一度やってしまったら、今度こそ、本当の自分を取り戻せはしないだろう。「覚醒剤」にも、手を出すかもしれない。「ここ」で断たねばならない。いけないんだ。本当の戦いは、ここからなのかもしれない。そう、思ったら、「辛いなあ」とか、「もう、死んだ方が楽？」とか、思う。そんなこと、させてたまるか。逃げるな！「死」で逃げちゃいけない。生きて、逃げずに、戦おう。迷い、苦しみ、戦い、悩んで。泪を流して。人間《ひと》として生きよう。かおり。そして、人を助ける力になろう。独りぼっちの気がしても、大丈夫。みんな、「独り」を持って、生きてる。みんな、みんな、同じだよ。苦しんでる。悩んでる。迷ってる。独りじゃないよ。「愛されてる」「そばにいる」。私は、人として生きていける。一緒に一歩をふみだそう。少しずつでいい。少しでいいから。人と、自分を、大切にしよう。今日も、明日も、大切にしよう。心も、身体も、大切にしよう。そばにいる。愛している、いるよ。

退院の何日か前に書いたもの。

私は、これからも、この薬物と戦って生きていかねばならない。
まけるもんか。
逃げるもんか。
私には、心がある。
心は強くて弱くて脆くて、それでいて、とても、正直で、優しい。
心の声に耳を傾けて生きていくのは、難しいかもしれない。
でも、きっとそれが一番大切なのだろう。

あしたに向かって

こうしている間にも、たくさんの人が、自らの命を絶っている。私がぐうたらぐうたらしている間にも。それを私は昨日気づいた。そうしたら、「今」、この瞬間を大切にしなければ、と思った。

だれか、一人でもいい。一瞬でもいい。思いとどまってほしい。

だから、私は、「詩」をかく。

だから、私は、「絵」をかく。

だから、私は、「文」をかく。

だから、私は、「生きる」

だから、私は、「命」を大切にしよう、と思う。

だから、私は、「貴方」を思う。

だから、私は、「貴方」と、生きたい、と願う。

辛いけど、本当、辛いけどさ、生きようと思う。貴方と生きたい、と願う。

「頑張れ」なんて、言わない。言えない。頑張らなくていい。貴方はもう、十分頑張っているから。

「頑張っている貴方」が、好き。なんじゃない。

「貴方」は「貴方」だから。だから好き。

でも、「私らしさ」って何？

私も、悩んでいる。それってなんだろう。どう在ることなんだろう。答えは出てこない。

そういえば、精神科に入院しているとき、男の看護師さんに、言われた言葉が、今、出てきた。

「自分のこと、好きになれたら、自分の魅力が、出てくるんだ」と。

そうかもしれない。

「私らしさ」とは、（私の意見だけれど）「私（自分）」をみつめるためにある言葉なのかもしれない。今まで生きてきた人生、これから生きていく人生。そこで、ぶつかる「私らしさ」という壁。その壁にぶつかったとき、初めて、「私」をみつめるきっかけになるのかもしれない、と思った。

私は、自分が思っていることは、他の人もみんな、そう思っているものだ、と、十六年ずっとそう思って生きてきた。

例えば。

「私はリストカットをしている。だから、みんなもしているんだろう」

「私はオーバードーズをする。だからみんなもしていると思う」

「私は、過食嘔吐は日常茶飯事。みんなもやっている」

「私は死にたい。絶対みんなも思ってる」

母にそのことを話した。

「何言ってるの?! そんなこと思うのは、ほんの少しの人たちだけだよ!」

「嘘だ!」と思った。驚いた。私は日本中、いや、世界中の人たちみんなが私と同じ考えを持っているものだとばかり思っていた。

この前の診察で、先生が、「マジョリティ(多数派)」と、「マイノリティ(少数派)」の話をしてくれた。

「みんなが自分と同じように感じている、と感じるのは、間違いじゃないよ。ただ、マイノリティの人たちは、マジョリティの人たちと感じ方が違うから、生きにくいんだよね」というようなことを言ってくれた。

なるほど!と思った。

私は、「マイノリティ」の一人でよかった、と心から思う。もし、普通に生きていたら、こんなにいろんな人に会うことは、まずないだろう。母からも、「あんたのおかげで、普通なら絶対に会えないような人たちと出会うことができている。ありがとう」と言われる。とても嬉しい。私という存在が認められた気持ちになる。

◈　◈

私は、幸せだ、と思う。というか、人より「幸せ」を感じることができる心があると思う。なぜなら、私はきっと、人より、人の倍、辛いことや悲しいことを感じる心があるから。私は、精神科にかかって、今までで八回入院して、身体拘束もされて、隔離室にも入って、そんな半生を生きてきた。その中で、見つけたことがある。

「当たり前なんてない」

「当たり前ほど、素晴らしいことはない」

私はいつも思う。「私が小学校五年生のときに、あの漫画を読んでなかったら、リストカットも、知らずにすんでたのかな」「私があのときあのテレビを見ていなければ、オーバードーズも知らずに、今頃健康に過ごしていたのかな」、とか。

私は、いつも、「普通」に憧れる。中学校の卒業式に出て、みんなと涙流して抱き合って。高校行って、制服も着て。友達と勉強したり。恋に悩んだり。そんな、「健康」な人から見たら、なんでもなーい、「普通」の、ごく「当たり前」の生活。私には、それが「当たり前」じゃないから。「特別」「奇跡」だから。

私が毎日必ず思うこと、を、書きます。

お腹空いたなあ
あの本ほしいな
お金がたくさんあればなあ
あの服もほしいなあ
勉強しなきゃ
将来どうしようかなあ
死にたい
私なんて必要ない

私は生きていてもいい人間だろうか
生きるって辛い
手首、切りたい
薬たくさん集めたい

など。最初の六番くらいまでは、みんなも考えていることなのではないかな。でも、私は六番からそれ以降のこともいつも思っている。

母と、最近話をしていて驚いたことがある。母が言った。

「普通、そんな、『自分はいてもいいか』とか、『自分はなんなんだろう』とかを毎日思って過ごす人なんて、少ないよ。そんなこといちいち考えて行動しないから」

私は最初、母のほうが、おかしいのではないか、と思った。私はみんながみんな、自分と同じように考えているものだ、と思っていた。

母が言うには、普通の人と、私のように、心がすごく敏感で、傷つきやすい人とには、境界線があって、普通に物事を考えたり、行動できたりする人は、境界線の上側で、感情が沈んだり、浮いたりしている。私のような人は、境界線の下側で浮き沈みしている。その境界線というのは「自分は生きていてもいいんだ」という、自己肯定感なのかなあ、と、母は言っていた。それは、普通の人は、「意識」の上にはのぼらずに、「当たり前」のものとして持っているのかな、と。私のような人は、その「当たり前」のことをひとつひとつ考えて生きているから、とても、大変、というか、生きづらいのではないか、と。私は、なるほどなあ、と思った。

確かに、私は、常に、いつも、毎日、「生」や「死」について考えている。私はそれは、普通のことで、みんな、私以外の人も、「生」や「死」のことを考えているものだ、と思っていた。でも、母の話を聞いて、普通の人は、毎日そのようなことについては考えないんだ、と知り、とても大きな驚きを感じた。

そう考えると、なんだか私は損をしているのではないか、と思った。なぜなら、普通の人は、無意識的に、自分のことを肯定できているから、そこにエネルギーを注がず、やりたいことに、最初からそこに打ち込める。でも、私のような人は、自分に自信がなく、いつも不安で怖くて、「自分は生きていてもいい人間なのか」ということを、考えながら、びくびくしながら生きている。これって、なんだか不公平じゃない？　神様、って感じる。

でも、私は最近、それってけっこういいことかも、って思う。私がもし、普通の考えで、普通に生活ができていたら、私はきっと、人の心をこんなに考えて生きることはできなかっただろう。私はきっと、「当たり前」の素晴らしさにも気づかず、狭い世界観だけで、

「自分より苦しい人間はいない」と自己肯定感の上側で自己中心的に嘆いていただろう。私はきっと、普通に暮らしていたら、生きていくことの辛さや、苦しみ、そして、喜びも感じられず、人と歩調を合わせて、それが幸せなのだ、と自分に言い聞かせて生きていただろう。

私は、幸せだ。私には幸せを感じる心がある。

人間は、欲にまみれた生き物だと思う。それは仕方のないことだ。望んだ幸せに手が届いても、「もっと、もっと」と、欲が出るよ。私もそうだ。でもさ、今ある幸せ、考えてみたら、数え切れない。


「やったー！　今日テレビでお笑い入る〜」

「よっしゃ、今日、好きな子に『おはよう』って言えたぜ！」

「うわあ！　今日の夜ご飯、焼き肉やあ」

「今日の空、めっちゃ綺麗」

「あ〜あ、テスト、難しかったなあ」

「友達とケンカした。悲しいなあ」

全部、「幸せ」。全部、「生きる」ってこと。

全部、「生きている」ってこと。
悩むこと。
笑うこと。
泣くこと。
迷うこと。
辛いこと。
苦しいこと。

うまく言えないけど、きっと、「幸せ」はもらうもんじゃなくて、見つけるものだと思う。
そして、うまく言えないけど、「愛」って、きっと、与えること。見返りを求めないこと、だと思う。

みんな、私も含め、「今」ある幸せ、感じてみよう。
きっと、人に、優しくなれるよ。
きっと、自分を、大切にできるはず。
人を、信じてみよう。

自分を信じよう。

きっと、そこから変わるはず。

◈　◈

最近本当に思うのは、「今」が、「今」なんだ、って。今しかできないことがある。昔はこんなこと聞かされても、「うざいなあ。だからなんだよ！」って思ってた。今は「そうだ、ほんとに。そうなんだ」と思える。聞く余裕が出てきた。やっぱり、「そのとき」が来るのを神様はわかるんだよ。きっと。きっとだけど。

少し前の私は、いつでも「死にたい、死にたい」「生きたくない、生きていたくない」、そんなことをずっと思ってた。辛くて辛くて。愛することを知らずに、愛されることばかりを望んでいた。でも、人に優しくするって、気持ちいいことなんだなあ、って最近だけど、わかってきた。

病気が治るのは、やっぱりまだまだ怖いんだ。でも、もし、治ったら、私の世界はもっともっと広がるだろう。

私は、明日へ、期待と不安とありがとうを、今、ちっちゃなポッケに詰め込んで、歩き出そうとしている。

二〇〇八年十月十九日。

最近の私は、とても調子がいい。退院してから、約五ヵ月たつ。何度か、入院しなければいけないようなこともあった。でも、私は今こうやって自宅でパソコンを使って文字を打っている。

こんなの、奇跡だよ。今までは、無理してなんとか過ごしてきたけど、今度のかおりはなんだか違うんだ。

「続ける」ということができるようになってきた。

まずはダイエット。いつもの私なら、「ぎゃー増えてる！ 明日から絶食しなくちゃ！」ってなって、それから「明日から、明日から…」で。今は、食事ノートを付けて、日々の変動を見ている。昨日よりも、増えていたって、「なあんだ。三百グラムくらい！へっへーん！」てな感じ。それはなぜか。またちゃんと、元に戻って、少しずつ減っていくから、って。そんなことが、考えられるようになったんだよ。これって、かおりにとって、ものすごく大きなことなんだ。他の人にとっては、「それくらい?!」って思われることかもしれないけど。

あとは、「絵」を描くこと。前は、気が向いたときだけ、描いて、後はすぐやらなくなったりしたけれど。今は、美術展に出せるようにするための、絵を描いている。三十号で、初めて描く大作なんだけれど。私はそのための準備に今から取りかかっている。デッサン力や、体力、気力が必要なんだ、とわかった。今は毎日、必ず、祖父のアトリエへ、見るだけでもいいから、行くようにしている。

あと、もう一つは、勉強。今私は、家庭教師の先生をつけてもらって、勉強している。とても話しやすくて、面白い先生だ。なんで私が今、勉強に取りかかっているのか、というと、はっきり言える。「夢」のため。やっぱり、私はカウンセラーになりたい。その思いが強い。そのためにはやっぱり、勉強が必要だ。リアルな、日常のリアルな壁を乗り越えていくのはやはり、怖い。しかし、いつまでも、ぬるま湯につかってばかりじゃ、そろそろ風邪をひく。いつまでも、逃げちゃ、いけない。

私はやっぱり、人のために何かがしたい。カウンセラーとして、人の悩みを少しでも、解決に向けていったり、少しでも負担を軽くできたら、素晴らしいと思う。また、絵を描いて、人の心にズシッときたりなにかを感じてもらえたりしたら、それもとても嬉しいことだと思う。

こんなことを思えるようになった。みんな、「すごいね」「よかったね」「えらいね」って言ってくれた。私は、「違うよ。それは違うんだよ」って思うんだ。みんながいたから。いてくれたから。私は、幸せもんだなあ、と思う。私を大事にしてくれて。

この頃本当に思う。「ありがとう」じゃないんだ。足りないんだけど。それ以外見つからない。

ありがとう。

◈

自分には何もできないと思ってた
自分はいらないやつだと思ってた
自分には存在価値なんて何もないと思ってた
でも
今、私は生きている
今、私はいてもいい人間なんだと想える
今、私は生きたいと願う
それは
人間がいたから

◈

心があったから
ぬくもりがあるから
そして
私にも心があったから
私が人間だったから
私にも人を想えるぬくもりがあったから
それに
「ありがとう」の一言
握手する右手
今までの足跡
あたたかな心
うまく生きなくていいよ
私も不器用だから
あなたにも、とどけ、とどけ
この不器用なうた
この不器用な愛

家族の思い

親として

「お母さん、変わったね。頑固じゃなくなったよ」

最近、かおりに言われる言葉である。

かおりの病気が、はっきりと目に見えるようになったとき（中二の夏休み）から、私たち家族の改革が始まったと言えるだろう。本当は、もっと以前からかおりはＳＯＳを出していたのに…。それに気づけなかった自分を責め、何度も後悔した。

かおりの五、六年生から中学生の頃のノートを読むと、よくぞ今まで生きていてくれたと思う。かおり自身もその頃の文章を読み返して、「私、病気やねえ。あぶなーい！」と言うくらいである。

「あのとき、すぐに病院へ行っていたら…」。しかし、そんなに甘い病気でないことに気づくのにそう時間はかからなかった。

かおりがなぜ自分を傷つけようとするのか、どう考えても私たちにはわからなかった。

私は、病気を理解しようと何冊も本を読み、講演を聞いた。わかったのは、「機能不全家族」という家族の病理、そして、もって生まれた素質、環境が影響しているということ。しかし、それがわかったところで現状は変わらない。リストカットはどんどんエスカレートし、何針も縫う日が続いた。

どうしたら、この荒れた気持ちを和らげることができるのだろう。そう考えながらも、かおりの問題行動の激しさに、こちらが振り回されてつぶれそうになってくる。負けてはならないと、私の声が大きくなり、売り言葉に買い言葉で、ますますかおりの自傷行為に拍車がかかる。

「私なんかおらんほうがいいんやろ!」の言葉に涙が止まらなくなる。小さい頃から、人一倍目をかけ、触れ合って育ててきたのに、何で…。しかし、思い当たらないことがないわけでもなかった…。(このことについては、後ほど書くことにする)

中二の夏からの三年間は、次々とこれでもかこれでもかというように、私たちの愛情がどれほどであるかを試しているかのように、問題行動は続いた。毎晩のように救急の夜間外来に走る日が続いた。入退院を繰り返した。初めの一年間は、退院して一ヵ月もたたないうちに次の入院となった。家にいたのは、一年のうち、合わせても数ヵ月だった。それでも、家族ではコントロールできない命の危険を感じたときには入院させてもらい、今日のかおりが在る。

この頃の私は、まだまだ自分以外の家族や病院、医師、学校の先生方等の対応に不満を抱え、「誰か何とかして！　かおりを治して！」といつもどこかで思っていた。だから、よいと言われる病院や医者、不登校の子供が行けそうな学校を探しては、自分の目で確かめに行った。特に親として、義務教育の間は、何とか教育を受けさせたいという思いが強かった。教育の力できっと変われると思いたかった。

ある養護学校へ見学に行った。診察が必要な学校だったので、両親で医者と面談をした。診断書には「境界型パーソナリティ障害」と書かれていた。実はこの診断名については、時が熟し、その時が来て知るに到った、という不思議な感があった。

かおりの五回目の入院のときである。上の娘がいろいろな本を読んでいて、「かおりの病気ってこれじゃない？」と言ってきた。そこには「境界性人格障害」と書かれていた。こんな怖そうな名前の病気であってほしいわけがない。「まさか！　違うわよ」と言いながらも読んでみると症状がよく似ている。何冊も関係する本を買って読んだ。どうやらこれではないだろうか…と思いながらも主治医に聞くことはできなかった。それまでは、転換性障害、適応障害、摂食障害、抑うつ状態等、そのときどきの症状で診断名がついていた。かおりも私も何か腑に落ちなかったのであるが、それ以上はつっこんで聞くことはなかった。

ある日、主人と一緒に、かおりの今後について、主治医と面談していたときのこと。私たちは、まだかおりを学校に戻してやりたいと願っていた。主人が、「人間関係を人との中でつくる練習をさせていくことが大事でしょう！」と言うと、先生が「…人格の障害ですから…」と言われた。私は、ぴーんときて、「ボーダーですか？」と聞いた。先生は「ご存じでしたか」と答えられた。

そこから、私の質問も対処の仕方も、焦点をボーダーに合わせてはっきりと動けるようになってきたのである。病気を知る、ということが大切で、治療にも効果があるとわかってきた。しかし、もっと早くそのことを知らされていても、きっとこんなふうに冷静に受け止めることはできなかっただろう。とても良い時期に、良い形で病気のことをはっきりと知ることができたことはありがたかった。

偶然にも、かおりもこの頃、自分の病名を知ることになった。

養護学校の話に戻り、そのお医者さんは、診断書を読み、経過を聞き、言った。

「娘さんが行ける学校は、どこにもありません」

崖から突き落とされたようだった。涙がぐうっと喉の奥からこみ上げてきた。かおりのこの先をどうしていけばいいのか…。真っ暗なトンネルの中にいるようだった。主人も悲しそうな目をして、口数も少なく二人で帰った。

しばらくは、その絶望の中から抜け出せずにいる日が続いた。かおりは中学三年の三学期に入ろうとしていた。

どうする…。どうしたらいい…。この大事な転機をかおりのために生かしたい。情報をいろいろと集めた。そして、誰に頼るのでもなく、自分たちでかおりと一緒に進んで行こう、という覚悟がやっとできてきた。

かおりは、卒業式には参加できなかった。卒業式前から、登校の練習のために放課後学習に参加してみたが、学校へ行くために手や足に傷をつけて、縫う傷が増えるばかりだったから。主治医も「卒業式くらいは出させてあげたいよ」と言っておられたのだが。

当日、かおりは一人、校長室で校長先生から証書授与をしていただいた。周りには、私たち両親と、たくさんの先生方が参加してくださり、祝福してくださった。もちろん、本人も私たちも残念な気持ちはあったが、この方法が、かおりにとって最良であることもわかっていた。

　以前の私なら、何があっても卒業式に参加させる方向で進めただろう。でもこの年、私は六月から十二月まで介護休暇をとり、かおりと共に六ヵ月を、悪戦苦闘しながら過ごした。そのなかで、かおりにとっての最良を考える訓練を日夜繰り返したと言えるだろう。今となっては、そのことが相手に寄り添うための大事な力になっているように思う。

　かおりは、中学を卒業した。中学二、三年の担任の先生方、部活の先生、小学校高学年の担任の先生がとてもよくしてくださった。中学二年の夏から不登校（行きたくても行けない）かおりに、担任の先生は、週に一度家庭訪問に来てくださった。また、かおりが連絡して話したいと言えば、たとえ次の日に大事な研究会があっても、会ってくださる先生もいらっしゃった。私も教員をしているが、本当に頭の下がる思いだった。感謝でいつもありがたく感じていた。

　こんなふうに、たくさんの方の優しさに支えられながら頑張っているかおりだったが、順調に前へ進める日ばかりではない。

　私は、かおりの激しい言動に、自分の不甲斐なさや情けなさが襲ってきて、心の底が抜けたように落ち込んで涙が止まらなくなることが何度もあった。

　そんなときは、かおりの辛さや苦しさを自分の感じていることと重ね、「こんな気持ちが続いたら本当におかしくなってしまうだろう」と、素直に涙を流すことを身につけた。

ある蒸し暑い夏の夜。この頃、かおりは食事をとらない日が続いていた。いらいらして、「一人で散歩してくる」と言い出した。

夏の夜、若い娘が一人でふらふらと出歩くなんて危険極まりない。と思うが、止めても余計にあおるだけとわかっているので、そっと後をつけることにした。

かおりはつけられていることがわかると、走り出した。追いつけそうもないので主人と二人で車で追いかけた。どこを探してもいない。どうしよう、と思っているうちに携帯電話の呼び出し音。

「ちょっと、どこにいるの！」とかおりの声。ほっとしたのもつかの間。かなり機嫌が悪く気持ちが落ち着かないので、夜間外来を受診することになった。

当直の先生は、事の成り行きを聞いて、私に「どうだい、度胸はついたかい？ボーダーの親は度胸がないとだめだよ。『死んでやる！』におろおろしていちゃね。今度は死ぬかも知れんな、というくらいの気持ちでいなきゃ。ひっ、ひっ、ひっ」

はあ？と頭にくるところだが、私のこれまでの体験から、「そうです。ごもっとも」と妙に納得できたから、自分でもかなりの度胸がついていると思う。

「入院しましょう」と言われて逃げ出したかおりを一人で探したときも、本屋で突然意識をなくして倒れ、救急車を頼んだときも、思い切りカッターで切りつけて、ぱっくりと開いた傷をタオルで抑えながら救急外来に走ったときも…。たくさんの修羅場を越えてきたことが、かおりとの絆を強くしてきたのだろうと思う。それが「見捨てられる。見離される」といつも感じていたかおりの心に、少しずつ「家族は見離さない」という安心感を育ててきたようだ。

通院四年目に入った頃から、かおりに変化が見られるようになった。問題行動は起こすが、以前ほどの頻度ではなくなってきた。ただ、起こしたときの程度はひどい…。

例えば、部屋の中には、かおりが自傷に使いそうなものは置いてないのであるが、そうなるとまた頭を使って自傷の道具を作り出す。ボールペンがそれだ。ボールペンを思い切り振り下ろして、縫う傷を作ったこともある。ボールペンではおさまらず、包丁で傷を作ったこともある。もう、左手は、縫った傷が多すぎて皮膚がでこぼこに段を作り、引きつってしまっている。また、ダンベルを手の甲に百回以上打ち付けて、グローブ以上に手を腫らしたこともある。

自傷行為は、やり始めるととまらなくなる。気分の波や体の調子（特に生理前）で悪条件がそろってしまうと大変なことになる。そこを見抜く、あるいは、予測する力が、少しずつ私にもついてきたようだ。

朝から、目がつりあがって、暴言暴力が出ていた日、覚悟を決めて仕事を休んだ。かおりが後から、「お母さん、今日休んでくれたから命拾いしたよ」と言った。

そう、今日は一人にしたら、死ぬかもしれないな、とどこかで感じていた私だった。かおりの言葉で、休んでよかったとつくづく思った。

次の日、職場で「娘さん、だいじょうぶ?」と聞かれ、「はい、生きていました」と答えたが、「大げさだな」と受け止められているのだろうなあ。

いろいろな方の言葉に助けられ、行動に感謝し、ここまで何とか進んでくることができた。職場では、急に休んだり、帰ったりする私に、温かい配慮をしてくださっている。感謝である。ペットの犬の「ゆず」も常に気を使ってくれている。かおりの変化を一番に感じ取って私たちに知らせてくれている。

今回の、この本を出すという話もまた、かおりの目標の一つになり、本を作るための話合いが短期の目標になり、入院せずにがんばろうとする希望になっている。本当にこの機会を与えてくださったことに感謝している。

そして、私たちが、じたばたしながらかおりとの関係を作っていく様子を、ずっと見ていてくださった主治医の谷口先生も大きな心の支えになっている。

谷口先生の、ときにユーモアのある、ときにきびしい、そして、常に優しさが底に流れている診察に、かおりだけでなく私もどれだけ助けていただいたかわからない。また、カウンセラーの先生や栄養指導をしてくださる栄養士の先生、救急で見てくださる当直の先生、看護師さんたち…。どの方との出会いもかおりの成長になくてはならないことばかりである。私にとっても、その方たちのかおりへの接し方から学ばせてもらうものがたくさんあった。本当にこのたくさんの素晴らしい出会いに、深く感謝している。

お陰様で、子供も親もたくさんの方々に支えられながら、今も少しずつ前へ進んでいる。

教師として

私は、教員を仕事としている。ここまで、かおりの大変な状態を読んでこられると、「お母さんが、仕事をやめて一緒にいればいいのに」と思われる方も多いだろう。私も何度も考えてきたことだ。

介護休暇をとって六ヵ月間を一緒に過ごしたときには、「一緒にいればきっと良くなる」という気持ちでいた。しかし、一緒にいても入院しなければならない事態になった。私の場合は、一緒にいることが必ずしもかおりにとって良いことではないと思えた。常に一緒にいることで、かおりの様子を冷静に見ることのできなくなる自分に気づいた。

互いのために、私は自分の仕事を続けることを選んだ。また、自分がかおりとのかかわりで経験したことを、今の仕事で生かしていきたいと考えた。それは、かおりも応援してくれたことだった。かおりのように学校生活を楽しく過ごしたくても過ごせない子供たちの支えに、少しでもなることができないだろうかという思いが二人共にあった。

かおりにとって、学校生活は今も憧れである。学校が過ごしやすい場であることを、かおりは願っている。かおりの小、中学校の学校生活の話からは、教師の接し方の大切さを教えられる。

私は、かおりと話をしていくなかで、自分の教員としてやってきたことを見つめ直した。自分では、子供たちのために一生懸命にやってきたつもりだ。しかし、そのなかで、自分の考えや気持ちを押しつけてきたことはなかったか、子どもの気持ちをひとまとめにして考えていたことはなかったか、一人一人の心の状態の変化を見過ごしていたことはなかったか。

幸い、かおりは自分の気持ちを絵や文で表すことで、誰にも言えない心を吐き出していた。そうしなければ、どうにかなりそうだったと後に話していた。そのまま、心にためこんでいたら…と思うとぞっとする。そしてその絵や文は、私にとって、かおりの世界を知る手がかりになった。家族や友達、先生のことでかおりが繊細に感じてきた世界がそこにあった。

かおりは、「学校の先生は、いつも自分が一番正しいって思っているんだよね」とよく言う。話をしっかりと聞かないで、自分の憶測や判断で子供たちを注意したり、しかったり、説教したりしていたことが脳裏をかすめる。また、かおりのエピソードのなかの「足をひっぱっとる奴は、歌うな！」とか「ごみは、見つけた奴が必ず拾え」という脅しや恐怖で従わせようとした先生たちの言葉を思い出す。このような言葉は、感じやすい子供たちの心を傷つけるのに十分なのだ。

教員側の事情も、私にはよくわかる。四十人近くの子供たちを一斉指導して、しかも、限られた時間のなかで、質を高めなければならない。そうすると、目に留まりやすい注意を引きつける子供に焦点を合わせた指導になりがちなのである。厳しく、オーバーに話をしても、心身ともに元気のよすぎる子供たちには届かないことも多い。一方、感じやすい子供たちは、先生が話したことを忠実に受け止め、自分を責める。それが、積み重なると心が疲れてくる。いろいろな症状が出てくる。

教師は、目に見える問題は、もちろん対処していくが、目に見えにくい心の問題にも常に心を配りたい。

近年、心の問題（脳の問題）として発達障害が教育界で取り上げられるようになってきた。広汎性発達障害、高機能自閉症、ＡＤＨＤ、ＬＤ等である。それらの子供たちは、聴覚過敏であったり、視覚過敏であったり、認知の偏りがあったりと、個性的なものの感じ方や考え方をしている。そのような子供たちのことを少しずつではあるが、教育者が学び始めていることは大切なことだと思う。目に見える障害も目に見えにくい障害も、どちらも子供にとって大変生きにくいものであることを知って指導していきたい。そうすることで、子供の育ちに大きな違いが出てくる。

「認知の違い」ということについて、教師は知っておくべきである。私たちは、誰でも自分の人生を生きている。他の人生は生きられない。しかし、無意識のうちに、誰でも自分と同じように生きてきて、同じように感じ、考えていると思っている。

例えば、かおりは、「誰でも、いつでも死にたいと思っている」と思っていた。「誰でもリストカットをしている。オーバードーズをしている」と思っていた。こんなふうに思っていることは、毎日接していても、なかなか気づかなかった。互いに、自分の考えは、周りも一緒と思って話しているのであるから。

あるとき、「死」ということについて偶然話し合い、「誰でも、いつでも死にたいとは思っていない」ということを伝えると、かおりはとても驚いていた。そのとき初めて、互いの考えの違いを知ったのである。

教室で、かおりのように教師とは違った考えで聞いている子供がいたら…。教師は、子供の気持ちや考えは、自分とはかなり異なっているかもしれないということを、頭においておくことが大切だろう。そして、誰もがわかるように、一言一言の言葉を選んで話すべきだろう。

私は、二十数年、公立の小学校の普通級の担任として勤めていた。今までに多くの子供と出会い、悩みを抱える保護者の方たちとかかわってきた。家族の苦労を想像して面談をしたり、対処の仕方を考えたり、実践したりしてきた。精一杯誠意を尽くして、保護者や子供たちに接してきた。しかし、今の自分の理解や共感にまで達していなかったことは確かである。

しかし、今の私は、障害を持っている子供、不登校に苦しむ子供の保護者の辛さ、苦しさを身をもって知っている。だから、今まで以上に、私は、保護者に寄り添える。また、かおりは苦しんでいる本人に寄り添える。両方の心に寄り添って共に話し合える、心を通わせることができる。同じ痛みをもったことが、土台となって心を通わせることができる。

そして、さらに、今の苦しみがどう変わるかを、私たちを見て、知ってもらうことができる。それは、希望をもってもらえるということになるだろうか。そのために、私たちも前向きに生きていきたいと思っている。

かおりが、ある不登校の子供をもつ母親に話した言葉に、次のようなことがある。

「私も中学へ戻りたい、学校へ行きたい、普通に高校へ行きたい、とずっと思っていました。でも、それが無理だとわかりました。でも、学校へ行くことだけではない、別の方法があることもわかりました。家庭教師の先生に教えてもらうこと、大検（高校卒業程度認定試験）を受けることができることも知りました。ここまできたら、普通に生きていかなくても何とかなるとわかったんです」

その母親は、もう何年も子どもの不登校で悩んでおられた。しかし、我が子と同じように不登校を経験し、辛さを同じように感じているかおりが、前向きに変わってきている姿に、「この子もそんなふうに感じるときが来るのかもしれませんね。私、待ってみます」と話された。私たちは、定期的にその家族を訪ねて話を聞いている。

不登校になっている子どもたちは、共通して感じやすく、優しい。先生や友達の何気ない言葉に過剰に反応してしまい、自分などいないほうがよいと思ってしまうこともあるようだ。

また、感覚器官がかなり敏感であることも共通している。例えば、聴覚の過敏さは学校のざわざわした騒音を処理しきれずに、その子どもを心身共に疲れさせてしまうだろう。だから、自分を守るために、無意識に休むことを選んでいるのかもしれない。

教師や友達の態度から、自分はだめだと思ったり、いじめを受けたりして、本来の障害だけでなく、二次障害が現れてくることもある。

このような子供たちに、教師が、認める言葉をかけ、優しい誠意ある態度で接していくことで、周りの子供たちも変わってくる。

ちょっと気を付けて接していけば、救われる子どもはたくさんいるのである。

かかわりの中から見えてきたこと

「先生ー！　携帯なっとるよー！」

学校に着いて、教室へ行こうとしたときのこと。何かあったな…。胸騒ぎを抑えながらかけ直す。

「どうした？」

「もう無理…。今から死ぬから…」

「ちょっと待って！　すぐ帰るから待ってて！」

かおりは、突然襲ってくる不安に、死んでしまいたくなる衝動を抑えきれなくなる。一年に何度かこんな電話で帰宅する。

また、調子が悪いときは、朝でも昼でも、夜中でも、言葉のちょっとした行き違いから、「どうせ、私なんかおらんほうがいいと思っとるんやろ。なによ！（椅子を蹴る。物を投げる）もう、いい！（窓からとびおりようとする。手を切ろうとする）」となる。

こうなったら、何を言っても耳には届かない。目がつりあがって、攻撃的になっている。

かおりではない誰かがそこにいるようだ。

この数年間何十回、いや何百回とそんなかおりを見てきて、これは、かおりの意思で行っているのではないと、だんだんと感じられてきた。かおりの脳の中で、何かが起こっている。それは、何らかの物質が急激に放出されているか、または、全く出ないでいるか、が起こっているのではないか。そのために、このような行動をとらざるを得ないのではないか。

そう考えると、今、目の前で起こっている事象だけにとらわれずに、少し、客観的に見ることができる。そうすることで、こちらがパニックになることを防ぎ、事態の悪化に歯止めをかけることができるのだ。しかし、こんなふうに考えられるようになるのに三年はかかった。

一日の中でも、感情の起伏が大きく変わることがある。体の調子が悪かったり（生理が近い、生理中も関係がある）、気になることがあったりすると不安定になりやすいようである。

初めの頃は、起こした事柄にこちらの気持ちをとられてしまうことが多かった。が、だんだんと、そのことを起こさざるを得なかった苦しみ、不安に目を向けることができるようになってきた。そして、そのことを、楽にできる言葉をかける。

「辛かったね。苦しかったね」

何度も繰り返す問題行動も一つ一つが違う苦しさや不安から来ているので、「またか」と思わずに一つ一つに最善を尽くす。ここで手を抜いたり、ごまかしたりしたら〝死〟に結びつくことがある、と頭においておく。

私は、自分のしなければならないことがあるとき、「かおりの命を懸けても今それをしなければならないか?」と問うことにしている。取り返しのつかないことになる確率は、結構高いので、「今」どうするかを即答しなければならないから、自分のエゴやプライドは捨てる勇気がいる。でも、それをすると本当に必要なものが何かということが見えてくる。私は、自分の背負っていたたくさんの荷物を少しずつおろすことができてきた。

かおりの死にたくなる衝動が、いつ起こるかは予想がつかないことが多い。誰かがそばにいるときとは限らず、連絡を取ることができるとも限らない。だから、私は、緊急の連絡がなくても、家に着いてかおりの顔を見て無事を確かめるまでは安心できない。「お帰り」と言う顔を見て、今日も無事に過ごさせてもらったことに感謝する。一日一日を、こんなふうに感謝して過ごしたことが、これまでの人生であっただろうか? 生きていることが当たり前、その上でもっともっとと欲を出して、子供や家族や仕事の面で、要求していた自分だった。当たり前のことに感謝して生きることの大切さを今は、毎日感じている。こんなに近くに幸せはあったのだと思える。

かおりが「死にたい」という気持ちにおそわれるたびに、「どうして?」「何故?」「そんなこと言わないで?」と考えては、自分も暗く落ち込んでしまう頃があった。自傷行為が激しくなって何度も入院を繰り返していた頃、谷口先生に「どうして、死にたいって言うんでしょう?」と涙ながらに尋ねたことがあった。先生は、「死にたいというのは、死ぬほど辛い、苦しい、そのことをわかってほしいと思っているのですよ。本当に死にたいと思っているのではないのです」と言われた。そのとき、体中に電撃が走った。「そうだったんだ! 本当に死にたいと思っているのではなくて、わかってほしいと思っているんだ。先生、もっと早く教えてよ」。私は、救われた思いがした。誰もが生きたいと思いながら、苦しんでいることに気づかせてもらった。言葉の後ろにある気持ちを推し量ることの大切さを教えてもらったように思った。

かおりにその話をしたら「さすが、先生! そうだよ。そうなんだよ!」。当の本人でさえも言葉にならなかった気持ちを教えてもらった。先生は後から、「えっ、言っていなかったっけ？　ずっとそう思って接しているよ」と言われたそうだ。そう、案外わかっていると思って話題に上らないことのなかに、ずいぶんと大事な、救うきっかけになるものがあったりするのである。それは、家族や学校、社会など、すべての場でありうることのように思う。

かおりの病気を通して、変わってきたものがたくさんある。家族の関係、かおりの考え、私の生き方…。時の力、人や物、言葉との出会い、縁の力などが、いろいろなつながりで、私たちに変化をもたらしてくれている。

入退院を繰り返していた頃には、わからなかったが、退院して九ヵ月経とうとしている今、わかってきたことがある。かおり自身も気づいてきたことだが、家でのリズムが作られてきたのである。普通のことのように聞こえるが、入退院を繰り返さなければならない状態では、退院して家にいても、気持ちは常に不安定で、衝動性が強かった。家にいても、自傷行為を次々に起こし、家族はその対処に目いっぱいであった、だから、気持ちを落ち着けて何かを作ったり描いたり、運動をしたりなどが、続かないのである。そして、また入院…。その繰り返しで、なかなか状態が良くなる兆しすら見えなかった。

「最悪だ」が続いていた。いつまで、どこまで続くのだろうと涙に暮れる日だった。

しかし、それは、いつまでも続かない、と今は、はっきりとわかる。必ず、変わっていく。いつまでも同じ状態ではないと言うことを今、私は知っている。それは、心強い真実だ。時の力と、なにがしかの出会いによって、人は変わっていくことができる。

私の担任しているM君とM君のお母さんにかおりが手紙を書いた。M君は、小学生のときにいじめを受けて学校へ行けなくなり、縁があって私の勤めている学校へ転校してきた。彼の話を聞いていると、かおりの気持ちと重なる部分がたくさん出てきた。かおりにそのことを話しているうちに手紙を書きたいと思ったようだ。その手紙を届けたときは、彼が「死にたい」気持ちになってこの学校へも来られなくなっていたときだった。彼の母も彼も手紙を読んで大変喜ばれた。彼の母は、「同じ気持ちなんですね。涙が出ました。言葉の薬をいただきました」と涙を流して話してくださった。かおりは、「Mさんたちは、人から優しくしてもらったことがないんじゃないか。私は、たくさんの優しさをもらった。それを教えてあげたい。そうしたら、きっと前に進める。人のために何かをして、喜んでもらえるとうれしい」と言っている。私は、このような心が、人間を育てるのに、ほんとうに大切であるとひしひしと感じる。他のために行うことで、自分も救われていく、その心の育ちを共に喜んでいる。

Mさんがここへ来たことの意味、Mさんとの出会い…。私たちの力の及ばないところで、つながりあうことになっていることを感じる。

何かの歌の歌詞にあった「意味のないことなど起こりはしない」。ほんとうにそうなのだと今、思うのである。

今、この原稿を書いているとき（この原稿を書かせていただくことになったことも不思議であり、すばらしい出会いであると感謝している）、かおりは絵を描いたり、日記や詩を書いたり、音楽を聴いたりできるようになった。以前なら、自分と同じことを一緒にしてほしいと願って、私が別のことをすることを許さなかったのであるが…。

と言いながら、実は、夕べ、夜間外来に行ってきた。落ち着いてきたとはいえ、まだまだ自立するのには、時間が必要である。

この障害は、「三十代、四十代まで生き延びたら、かなり落ち着いてくる」と、ものの本には書かれている。このことを知ったときには、ショックを受けた。「生き延びる」ということは、命の危険がずっと伴うということだから。

おそるおそる谷口先生に聞いたことがある。

「どのくらいで、よくなってくるのでしょうか？」

先生は、「うーん、三十…」と言いかけて「十年くらいで、落ち着いてくる方もおられます」とおっしゃった。そのとき、かおりはまだ十四歳だったから、先生は、私に気を遣ってくださったのだろう。それでも、私はがっくりしていたのを覚えている。でも、今は、親として、かおりがしっかりと独りで生きていけるまで、支える覚悟をもって生きていこうと思っている。自分の人生を自分の足でしっかりと歩いていけるように！

かおりの母

本を出したいと思った理由

私は伝えたい。

人は変わることができることを。

私は、ずっと、人が怖かった。「今日はなにを言われるんだろう」「今日、私は誰の、どんな言葉に心を傷つけられるのだろう」

一人ぽっちがいや。みんなと、一緒に話したいけれど、それも疲れてしまう。だから、今日も「独り」ぽっち。

つらいなあ、つらいなあ。

でも。今。前と比べてその辛さは、減った。

同じような悩みを抱えてる人たちがいることに気がついた。

「ときが来たら、解決する」

私はあまり好きではない言葉。でも、「解決」、とまではいかないけれど、これだけは言える。

「ときが経てば変わる。今のままでは決してない」

本当、そうだな、と思う。

きっと、こう思えるようになったのは、私が、「独り」を感じることができたから。辛かった。けれど、無駄じゃない。


私は伝えたい。

「大嫌い」と言えることの強さを。

私は、今まで、ほとんど、人に対して「大嫌い」と、思ったことはないし、口に出して言ったこともない。なぜか。

「私には、そんなことを思う価値なんてない」「私以上に最低な人はいない」と、本気で本気で思っていたから。

最近、小、中学校、部活でのことをよく思い出す。そしてどんどん嫌で、苦しくて、辛かったことが蘇ってくる。すごく怖いし、辛い。

ある日、過去を思い出してノートに殴り書きした。このように。


てめえらのせいだ！　なんにも感じてねーとか思ってんのか！　気づいてたんだ。すげー怖かったんだよ！　あたしだって人間なんや！

あんたらに、一回で、一回でいいから、キレてみたかった。あんたらの前で切ってやりたい。

教師も、だいっきらい。

何にも知らない。

何にもできない。

私は今、幸せや。

あんたらと離れられて。

あんたらなんか、
だいっきらい。


久しぶりにノートの上で暴れちゃいました。

「だいっきらい」

私はなんだかすっきりした。「大嫌い」、そうやって吐きだしたことによって未練があった、上辺だけの優しさをくれた、教師や友人に少し見切りをつけることができた気がするんだ。

これは私にとって、少しだけど、自分を認めることができた言葉だったのかなあ、と思った。


私は伝えたい。

人はぬくもりをもっているということを。

最近、ふと、車に乗っていたときに気づいた。

「心の氷は、必ず溶ける」ということを。

中二の頃、私は学校に行けなくなって、家で日記を書いていた。

「時間が、私だけ止まってる。氷の高い壁があって、みんなは上にいて、私はそこまで上ろうとするんだけれど、氷が溶けて、一生懸命に上ろうとすればするほど、溶けてしまって、いつまでたってもみんなのところへは行けない」と。

そのころ、本当によくそう思っていた。今の考えは、「みんなのところの氷が溶けるのを待ってようか」って。それって、みんなが私を理解しようと、努力してくれたり、手をとってくれたりすることかな？と思っている。時間は、まだまだかかるだろう。焦ってしまうこともあるだろう。

大丈夫。ここまで、生きてこれたのだから。

私もまだまだ苦しくて、辛いこともある。でも、こうやって、本を出版することができた。

ひとりでも、この本を読んで、「救われる」、いや、そんな大きなことは言えない。少しだけ、「ああ、明日も生きよう」と、感じていただけたら、こんなに嬉しいことはありません。

ありがとう。明日も、一緒に、生きていこう。

◈

◈

冬から春へ変わる
やさしいかおりがする
春だ
春だ
ふつうは「四季の移り変わり」なんて
あたりまえなんだよなあ
私にはとても新鮮だ

春のかおりも
夏のかおりも
秋のかおりも
冬のかおりも
感じることができる
生きている

かおり

あとがき

一年ほど前、診察時にかおりさんから、星和書店に自分が書きためていた詩の原稿を送ったという話を聞いたときには、普段から自信がない割には随分思い切ったことをするものだな、薬で気分が高揚しているのかな、などと思った。次の診察くらいで、「キラリと光るものがありますね」と原稿を読んだ担当者から返事が来たと聞き、そう言ってもらえたことはかおりさんの自信になるから良いことだなと思った。そして、しばらくしたら、社長にも読んでもらって、出版の準備を進めることになったというようなことを聞いて、正直ちょっと待ってくれと思った。そんなに持ち上げておいて、後でやっぱり企画中止なんてことになったら、かおりさんはいったいどうなることか。星和書店は責任取ってくれるのかと。そして、かおりさんには、「まだ正式に決まったわけではないんだから…」とか、「半分疑っておいたほうが良いよ」などと引き落とされたときのダメージを少なくするように考えながら話をしていた。しかし、そんな私の心配をよそに、その後も、本の出版の話はトントン拍子に進んで行って、とうとう私があとがきを書く日が来てしまった。

この本は、かおりさん自身が書いたいわば十七歳までのカルテである。この本を読むと、かおりさんが三年間の苦しみを乗り越えて、現在はもうこの病気を克服して、普通の生活を送っているのだろうと多くの読者は思うに違いない。しかし、残念ながら、決してそうではない。ここ数か月、同じ傷を治らないうちに開いてはハサミやボールペンでほじくる自傷をして、臨時受診を繰り返していたが、それが徐々にエスカレートしてきて、このあとがきの原稿締切日に、ついに九回目の入院をせざるを得なくなってしまったからだ。したがって、このカルテは完結したわけではなく、まだ現在進行形なのである。

かおりさんの自傷には、その時々のストレス（＝現実的な問題）が関連していると考えられるが、あまりそれを本人は意識していないことが多いようだ。なかでも対人葛藤が多い。お母さんは結構気づいていて、さすがだなと思わされることが多い。その時の体調も関連する。生理前だったり、疲れていたりすると、自傷の閾値が下がるようだ。また、困ったことに、主治医からの見捨てられ不安も関係しているのではないかと思われるときもある。かおりさんが外来で私の診察を待っていて、拒食症の若い女性が入院になったのを見ていて、主治医が自分を診てくれなくなるのではないかと不安になり、後で臨時受診したり、副作用が出ているからと私が処方を減らしたら、もう治ったと思われて相手にされなくなるんじゃないかと不安になり、臨時受診したりしている。かおりさんには、「まだまだ病気だし、十分重症だから、そんな簡単に治らないし、まだまだ通院も終了しないよ」と、今までに何度も話してきた。そう、「重症だよ」「まだまだ通院が必要だよ」と言ってあげると安心するのである。普通の病気と正反対である。普通の患者さんは「治ったからもう来なくても良い」と言われると喜ぶものだと話すと、「ウッソ〜！」と驚く始末である。リストカットもオーバードーズもしないで夜間臨時受診したときには、かおりさんは、「せんせーゴメン。こんなことくらいで来て」と言う。私は、切るのを我慢して受診できたことを評価して、「いいんだよ、お土産はいらないから」と言っているのだが。

外来診察では、必ずお母さんも同席するが、かおりさんの発言から、かおりさんの独特の感じ方、考え方を聞き、お母さんも驚くことが多い。「フツーはこう思うはず」が通じないところがある。もちろん、すべてがそうだというわけではない。この本を読んでもおわかりのように、非常に感受性が豊かで、「そうそう、うまく言うな」と多くの読者が感心する部分も多いだろう。しかし一方で、一部の読者しか共感しにくい記述もあるかと思う。

私の専門は発達障害である。発達障害とは、自閉症やアスペルガー障害を含む広汎性発達障害や注意欠如多動性障害（ＡＤＨＤ）などの、生得的な障害（＝生まれつきの脳機能の特徴）のことを言う。境界性パーソナリティ障害（以下ＢＰＤ）が発達障害だとは思わないが、四年近くかおりさんを診てきて、少なくともかおりさんのＢＰＤに関する限り、発達障害に似たところがあると思うようになった。つまり、対人関係の困難さと情緒コントロールの困難さを抱えているが、それは生まれつきなのではないかということだ。そのことはこの本の「保育園の頃」の項からも読み取れるだろう。ＢＰＤの専門家と言われる精神科医のなかでも、ＢＰＤの原因は家庭環境や母子関係にあると考えている人は今でも多いようだ。私もかおりさんの主治医をするまでそう思っていた。しかし、かおりさんの診療をしていて、小さいときの話も聞いて、かおりさんの家族全員にも会ってみると、彼女の持って生まれたものの大きさを強く感じるようになった。環境要因はゼロではないが、相対的に少ないと思う。

ＢＰＤの患者さんたちを診ていると、虐待や離別を経験しているなど、生い立ちや家庭環境に恵まれない人たちも確かに多い。それゆえ、ＢＰＤの発症には環境要因が大きく関与していると考えがちだ。しかし、かおりさんの家族を見ていると、確かに変わったところはあると思うが、この程度の「変さ」は世間に多くあるのではないか、何も変わっていない平均の家族なんてどこにもいないのではないかと思う。深刻な家族内での不和、両親の離婚など様々な問題を抱えている家族は多いが、そんな家庭に育ってもＢＰＤになる人のほうが少ない。うつ病や統合失調症、あるいは、摂食障害や不安障害など、他の精神障害を発病することもある（合併することもあるが）。それらではなくて、どうしてＢＰＤになるのか。それは生まれ持ったＢＰＤになりやすさがあると考えるのが自然だろう。発症時期が早く症状が重篤なのは、それだけ生物学的要因が強いのだと思う。現在、遺伝子研究をはじめとする生物学的研究が進められており、近い将来明らかになってくるだろう。

言い訳になるが、先ほども書いたように、私はＢＰＤの専門家ではない。かおりさんに初めてお会いした頃は、ＢＰＤの患者さんを主治医として一定期間継続的に治療した経験はあまりなかった。正直、私がリストカットやＢＰＤについてある程度勉強するようになったのは、かおりさんを診察するようになってからである。この四年近くの間に、かおりさんを通じていろいろなことを学ばせてもらった。この本は、一患者から見た、精神科医としての私が描写されている。少しカッコ良く書かれすぎているが、これにはＢＰＤの症状の「理想化」や「見捨てられ不安」が関係しているのかもしれない。読者諸氏はそこを差し引いて読んでいただきたい。とはいえ、この本を読んでいると、主治医としていろいろと反省すべき点も見えてきて、自分の仕事を振り返る良い機会になった。そういう機会を与えてくれたかおりさんに感謝したい。

主治医としてあとがきを書いたので、どうしてもＢＰＤの面ばかりを強調してしまったが、ＢＰＤだけがかおりさんのパーソナリティではないことは言うまでもない。彼女自身が描いた挿絵をはじめとして、この本の随所でそれが示されていることを読者は感じることができるだろう。ＢＰＤは彼女のパーソナリティの一側面だが、全部ではないのだ。

世の中の大多数の人が難なく乗り越えていく日常的な些細なことにも、いちいちつまずき、転んで、文字通りたくさん傷を作って、周囲を巻き込んで大騒動せずにはいられない。そんなＢＰＤだけれどもできること、ＢＰＤだからこそ得られるもの、ＢＰＤでなければ得られないものもたくさんあることをこの本は示してくれている。きっとＢＰＤに苦しむ人たちとその家族、関係者の方々に大きなエネルギーを与えてくれるだろう。

二〇〇九年七月

精神科医　谷口茂樹

●著者プロフィール

かおり

1991年 富山県生まれ
思春期の頃から自傷行為始まる
（リストカット、オーバードーズ、強迫性障害、薬物依存、摂食障害等）
精神科入退院を繰り返す
中学二年より不登校。現在、通信制高校も不登校中
現在の病名は「境界性パーソナリティ障害」（BPD）
今は高卒程度認定試験受験に挑戦中
絵画の個展を年一回開催

●主治医プロフィール

谷口茂樹（たにぐちしげき）

大阪府生まれ
1989年 北海道大学教育学部（特殊教育 臨床心理）卒業
1996年 富山大学医学部卒業
同大学附属病院神経科精神科で研修後、三重県の児童精神科の専門病院で研修、勤務。その後、いくつかの国公立病院、民間病院、大学病院勤務を経て、2007年8月から谷野呉山病院に勤務
精神科医。専門は児童精神医学、特に発達障害

境界性パーソナリティ障害18歳のカルテ・現在進行形

2009年11月24日 初版第1刷発行

著　者　かおり
発行者　石澤雄司
発行所　株式会社星和書店
〒168-0074 東京都杉並区上高井戸1-2-5
電話 03 (3329) 0031（営業部）／(3329) 0033（編集部）
FAX 03 (5374) 7186
URL http://www.seiwa-pb.co.jp

 Printed in Japan ISBN978-4-7911-0726-1